英雄伝説 閃の軌跡
メンタルクロスリンク

◉ 草薙アキ

Illustrator

◉ YahaKo

目次

一章　イリーナ・ラインフォルトからの新たな依頼……5
二章　訪れた非日常……49
三章　リィン VS. フェリス……93
四章　新たなる〝扉〟……135
五章　鏡越しの対峙……177
六章　試練の終わり……221

プロローグ

「いくぞ、皆！」

叱咤するように声を張り上げたのは、東方由来の刀を握った、精悍な顔立ちの少年だった。

リィン・シュバルツァー。

ゼムリア大陸西部の軍事国家――エレボニア帝国。

その北部にあるユミルの貴族――シュバルツァー男爵家の養子で、ここトールズ士官学院特科クラス《Ⅶ組》のリーダー格でもある少年だ。

幼い頃に東方剣術の集大成と言われる、《八葉一刀流》の開祖――《剣仙》ユン・カーファイに師事し、今では〝初伝〟を受けるまでの腕になっている。

「ええ！」「承知！」「Ja《ヤー》！」

彼の声に頷いたのは、見目麗しい三人の少女たち。

だがそれぞれの手には、その可憐な見てくれとは似つかわしくない〝獲物〟が握られていた。

金髪の少女は導力式の弓を、青髪の少女は身の丈ほどもある大剣を、銀髪の少女は二丁の銃剣を握り、リィンと同じく目の前の敵――〝首のない鎧姿の魔獣〟と対峙していたのだ。

帝国領トリスタにあるトールズ士官学院には、〝旧校舎〟と呼ばれる無人の建物がある。

これは古代ゼムリア文明が滅びた謎の現象――通称《大崩壊》の後、五〇〇年間続いた戦乱の時代に建てられた代物だと言われており、内部は遺跡構造になっている。

建造にどのような技術が用いられているのかも定かではない上、ここ最近は毎月の如く内部の構造が変化することから、リィンたちは学院長のヴァンダイクより、ここの調査を任されていたのだ。

そして今――地下五層で彼らは戦っていた。

敵は一体だが、通常の魔獣ではない。

地下四層の時に現れた相手と同じく、〝扉〟の向こうから現れた謎の敵。

だからこそ油断は出来ない。

一瞬の隙が命取りに繋がる。

ならば全力で――一気に叩くしかない！

「――我が剣に集え……っ」

リィンたちはそう覚悟を決め、各々が持つ最大最強の奥義――〝Ｓクラフト〟を発動させたのだった。

一章 ―― □ イリーナ・ラインフォルトからの新たな依頼

話は少し前に遡る。

うだるような暑さも終わりを告げた、九月上旬のある自由行動日のこと。

第三学生寮の自室で勉強をしていた、アリサ・ラインフォルトの元に、実家のメイドにして、この第三学生寮の管理人でもある、シャロン・クルーガーが訪ねてきたのが始まりだった。

「――お嬢さま、少しよろしいでしょうか？」

二回ほどノックした後、涼しそうな声でシャロンは尋ねる。

紫を基調としたメイド服に身を包んだ、柔和な面持ちの美女である。

アリサにとっては頼れるお姉さん的な存在であり、彼女の得意とする弓術もシャロンから教わったものだ。

「シャロン？　どうしたの？　入っていいわよ」

「失礼いたします」

ドアを開け、一礼した後、歩を進めるシャロン。

ただ普段通りにしているだけなのだが、所作の一つ一つには、なんとも言えぬ気品が感じられた。

そんなシャロンを迎えたのは、煌々と輝く金の髪を、ツーサイドアップ状に結っている美少女だった。

アリサ・ラインフォルト。

エレボニア帝国最大の重工業メーカー——ラインフォルト社の令嬢にして、特科《Ⅶ組》の一員でもある少女だ。

《Ⅶ組》の象徴とも言うべき〝深紅の制服〟を見事に着こなし、シャロンのことをその宝石のような緋色の瞳でじっと見据えていた。

　アリサの前に辿り着いたシャロンは、再び一礼する。

「お勉強中に失礼いたします」

「別に構わないわ。そろそろ終わろうと思っていたし」

　ノートをぱたりと閉じ、アリサは椅子から腰を上げ、腕を組む。

「それでどうしたの？」

「はい。実はイリーナ会長より、新型ＡＲＣＵＳ《アークス》の試験をして欲しいというご依頼がございまして」

「母さまから？」

「はい。ラインフォルト社からの正式なご依頼ですので、すでに各理事の方々を始めとし、学院長のヴァンダイクさまや、生徒会長のトワさまからもご了承をいただいております」

「……つまり否が応でも受けろってことじゃない」

　相変わらずの手回しの速さに、アリサは小さく息を吐いた。

　シャロンほど有能なメイドは、世界中のどこを探しても、数人存在するかどうかというレベルだろう。

常に微笑みを絶やさず、炊事などの家事はおろか、イリーナからの仕事も完璧にこなす。

あまりの有能ぶりから、〝スーパーメイド〟などと呼ばれていたりもするが、事実シャロンは有能――いや、メイドとしては〝完璧〟と言っても過言ではない。

癪だが、それはアリサとしても認めざるを得ないことであった。

「まあいいわ。シャロンに敵わないのはいつものことだし」

「恐れ入ります」

にこりと微笑むシャロンに、アリサはジト目混じりの眼光を向ける。

「で、私はどうすればいいの？」

「はい。まずはリィンさまのお部屋に向かいましょう」

「リィンの？」

「はい。あ、それよりお越しいただいた方がよろしいですか？　それでしたら、私は席を外させていただきますが」

「あ、あなたがいなくなってどうするのよ⁉」

慌てて突っ込むアリサに、シャロンはふふっといたずらな笑みを浮かべる。

「……まったく」

「ふふ、申しわけございません」

「別にいいわ。それよりリィンのところに行くのでしょう?」

「はい。今回のご依頼は、主に《Ⅶ組》の皆さまのお力をお借りすることになりますので、リーダー格であるリィンさまにお話しするのがよろしいかと」

「分かったわ。じゃあ行きましょう」


「――なるほど。新型ARCUSの試験ですか」

アリサ同様、シャロンから一通りの説明を受けたリィンは、頷き、「分かりました」と協力する旨を伝えた。

「俺でよければ協力させてください」

「ありがとうございます。それではこちらが今回使用していただく、新型のARCUSになります。現在使用されているARCUSに関しましては、一度私の方で預からせていただきますので」

シャロンから新型のARCUSを二機ずつ受け取ったリィンとアリサは、それをお互いまじまじと見つめる。

現在使用しているARCUSとは、少々デザインが異なるようだ。

ARCUSは、ラインフォルト社とエプスタイン財団が共同開発した、次世代型戦術オーブメントで、端的に言えば、〝持ち主の戦闘力を強化する携帯端末〟である。

戦闘中に高度な連携を可能とする、〝戦術リンク〟機能を最大の特徴とし、便利な通信機能も搭載されている。

「会長からお預かりしている新型ＡＲＣＵＳは、全部で四機ですので、後二名ほど《Ⅶ組》の方々からご協力いただければと思います」

「分かりました。戦術リンクを駆使して、普段通りの戦い方をすればいいんですね？」

「ええ、そういうことになります。皆さまの準備が整いましたら、一言お声をかけてくださいませ。試験には私も立ち会わねばなりませんので」

「はい。その時はよろしくお願いします」

「いえいえ、こちらこそですわ」

良い雰囲気で談笑する両者（主にリィン）に、アリサはじろっと半眼をぶつける。

当然、そういう行動に出るだろうと見越していたシャロンは、メイドの嗜みとして気を使う。

「では私はこれで。人払いをしておきますので、後はお二人でごゆっくり」

「そ、そういうのはいいから！」

「？」

何故アリサが慌てているのか、リィンだけはよく分かっていなかったようだ。

行動は早い方がいいだろうと考えたリィンは、アリサとともに協力してくれるメンバーを探すことにした。

手っ取り早くＡＲＣＵＳの通信機能を使おうとしたのだが、連絡先がインプットされている自身のＡＲＣＵＳは、先ほど二人ともシャロンに渡してしまったことを思い出す。

「しまった。ＡＲＣＵＳはシャロンさんに渡したんだった」

「まだ一階にいるかもしれないわ。一度シャロンのところに行きましょう」

「ああ、分かった」

と、勢い込んだものの、シャロンの姿は寮内のどこにも見つけることは出来なかった。

恐らく外出してしまったのだろう。

ならば仕方がない、とリィンたちは直接《Ⅶ組》のメンバーに声をかけることにした。

寮内には誰もいなかったので、トリスタの町か、学院の方に出向いているはずだ。

そう考えたリィンたちは、喫茶店であり、宿泊も扱っている《キルシェ》や、食品や雑貨などを扱っている《ブランドン商店》、ブティックの《ル・サージュ》、ブックストアの《ケインズ書房》と回り、最後に質屋の《ミヒュト》にも寄ってみたが、《Ⅶ組》のメンバーを発見することは出来なかった。

「うーん、どうやらこっちの方にはいないみたいだな」

「そうね。やっぱり学院の方かしら？」

「ああ、たぶんそうだろう。クロウ以外は皆部活に入ってるし、もしかしたら部室の方にいるかもしれないな」

「その可能性はあるわね。じゃあ行ってみましょうか」

「そうだな」

再び歩き始めたリィンたちは、途中、橋の近くで釣りをしている、釣皇倶楽部のケネスを見かけたので、軽めの会釈をしておいた。

というのも、リィンはケネスから釣りを勧められ、今では〝黒竿釣師〟の称号を得るまでになっていたからだ。

釣果に応じてポイントが貯まり、それをケネスが様々なアイテムと交換してくれるため、割とお世話にもなっている。

中にはソーディやカルブ、サモーナといった魚たちのバッジもあり、これは女子にも人気があるらしい。

七耀教会の礼拝堂も覗いてみたが、同じ学年でシスター見習いのロジーヌが子どもたちの相手をしているだけで、《Ⅶ組》のメンバーはいないみたいだった。

「やっぱり学院の方にいるみたいね」

「ああ、そうらしい。とりあえず学生会館に行ってみよう」

「ええ、分かったわ」

学生会館に到着したリィンたちは、二階へと上り、〝読書部〟の札がある扉の前へと立った。

学生会館は、その名の通り生徒たちの生活をサポートするための施設であり、食堂や購買部、文化系部活の部室に生徒会室、最上階には貴族専用のサロンも存在する。

「えっと、さすがにそういうのは……」

部室の中からは、見知った女性の声が聞こえており、リィンたちは《Ⅶ組》メンバーの一人がここにいることを確信した。

「すみません」

言いながらリィンがノックをすると、

「はい、どちらさまでしょうか?」

《Ⅶ組》メンバーの一人である、エマ・ミルスティンが扉を開けた。

「あら、リィンさん?　それにアリサさんも」

少々驚いたような顔をする、三つ編みと眼鏡が特徴的な美少女。

エマ・ミルスティン。

《Ⅶ組》のクラス委員長を務めている少女で、学年トップの成績を誇るほど優秀だが、それを傲ることのない、柔和で優しい性格の持ち主であり、〝委員長〟の愛称で親しまれている。

一見すると、地味な印象を受けるが、《Ⅶ組》の女子の中では、最もスタイルがよく、とくに胸元の成長が著しい。

「やあ、委員長。少し話せるか？」

「あ、はい。ちょっと待ってくださいね」

そう言って、エマは部屋の奥に腰かけていた少女——読書部の部長であるドロテに一言二言話しかけた後、一礼して戻ってきた。

余談だが、この読書部は通常のそれとは異なり、なんでも〝乙女の嗜み〟なるものを学ぶための部らしい。

一体〝乙女の嗜み〟というのは、どういう類のものなのだろうか。

リィンがそんなことを考えていると、「お待たせしました」とエマが再度声をかけてきた。

「それで、私に何かご用でしょうか？」

「ああ、それなんだが……」

ちらっとアリサの方に視線を向けてみれば、彼女は静かに頷いた。

つまりリィンから伝えてもらって構わないということだ。

アリサの意を汲み取ったリィンは、先ほどシャロンから伝えられたことを、そのままエマに話した。

「なるほど。それで試験に参加出来る方を探しているのですね？」

「ああ、そういうことになる。もし時間があれば、委員長に頼みたいんだが……」

そう告げると、エマは少々申し訳なさそうに顔を曇らせた。

「……ごめんなさい。これから部長の作業をお手伝いする約束をしていまして……」

「そうだったのか……。いや、気にしないでくれ。そういうことなら、無理強いは出来ないしな」

「そうね。他を当たってみましょう。邪魔してごめんなさい、エマ」

「いえ、こちらこそお力になれなくて申しわけありません」

「ううん、気にしないで」

　手を小さく振るアリサの言葉に、エマも少し気が楽になったのか、「それでは」と頭を下げ、部室に戻っていった。

「委員長は忙しいみたいだな」

「まあ仕方ないわ。他の人を当たりましょう。確かここにはマキアスの部室もあったわよね？」

「ああ、その部屋だな」

　次にリィンたちが向かったのは、《Ⅶ組》メンバーの一人――マキアス・レーグニッツが籍を置く、第二チェス部の部室だった。

〝第二〟と付くところからも分かるように、この学院には〝第一チェス部〟というものが存在する。

〝第一〟と〝第二〟の違い――それは〝身分〟だ。

　前者は貴族の生徒たちで構成されており、後者は平民の生徒たちが主となっている。

　これはチェス部に限ったことではないが、両身分の軋轢は決して浅いものではなく、大きく分ければ、《貴族派》と《革新派》という両派閥が、水面下で常に火花を散らしている。

身分に囚われない人材育成を謳っているこのトールズ士官学院でさえ、貴族は白い制服を、平民は緑の制服を着用するなど、色々と区別されており、待遇も違う。

とはいえ、皆が皆反発し合っているわけではなく、リィンたち《Ⅶ組》のように、身分に関係なく集められたクラスも存在している。

先ほどと同様に扉をノックすると、中から『どうぞ』というマキアスの声が返ってきた。

どうやら彼もここにいるようだ。

「失礼します」

リィンが扉を開けると、マキアスと部長のステファンが、チェス盤を挟んで睨み合っていた。

「リィンと……アリサか？　少し待ってくれ。今大事な局面なんだ」

「あ、ああ……」

マキアス・レーグニッツ。

エマに次ぐ秀才で、彼女をライバル視している、短髪と眼鏡が特徴的な少年だ。

努力家の上、負けず嫌いで、入学当初は《Ⅶ組》の中でもとくに〝貴族〟というものに嫌悪感を抱いていた。

平民初の帝都知事である、カール・レーグニッツの息子でもあり、そのことが原因で、特別実習の際、〝翡翠の公都〟と呼ばれる貴族の都――バリアハートで拘束されるという事件もあった。

もっとも、その時は同じ《Ⅶ組》のメンバーである、貴族のユーシス・アルバレアの協力もあり、なんとか事なきを得たのだが。

張り詰めた空気の二人を遠巻きに見ていたリィンたちは、あまりの緊張感に息をすることすら忘れてしまっていた。

「——チェックメイトです、部長」

「うぐっ……。さすがだ、マキアス君。僕の完敗だ……」

「いえ、僕もかなり追い詰められていました。第一チェス部との試合も近いですし、まだまだ煮詰める必要がありそうです」

「そうか……。いや、うん。その通りだ。もう一戦お願い出来るかい？」

「もちろんです、部長。と、その前に……」

顔を上げたマキアスに、リィンたちもはっと意識を取り戻す。

「凄い対局だったな、マキアス」

「いや、このくらいは当然さ。何せ、第一チェス部との——〝部の存亡をかけた試合〟が控えているからな」

「えっ……」

どういうことかと聞く前に、マキアスの方から「ところで僕に何か用か？」と尋ねられた。

（ね、ねえ、リィン？　なんだかかなり切迫した状況みたいなのだけれど……）

（みたいだな……。〝部の存亡をかけた〟と言うくらいだ。恐らく俺たちが考えている以上に重みのある試合なんだろう）

（そう……。ならマキアスに頼むのは止めておきましょう。彼には彼にしか出来ないことがあるみたいだし）

（そうだな。俺もアリサと同意見だ）

　リィンたちが小声で相談していると、マキアスが小首を傾げながら問うてきた。

「なんだ、二人でこそこそと。僕に用があったんじゃないのか？」

「いや、大した用じゃないし、マキアスの方も忙しそうだからな。今回は止めておくよ」

「そうか。いや、正直助かる。力になれなくてすまないな」

「いや、気にしないでくれ。じゃあ俺たちはこれで」

「ああ」

　退室した後、アリサは小さく一息吐いた。

「……ふう。見ているこっちが緊張しちゃったわ」

「そうだな。二人とも凄い気迫だった。しかし参ったな……。委員長に続いてマキアスも駄目か……」

「まあ仕方ないわよ。無理を言っているのはこちらだもの。あまり気にせず次を当たってみましょう」

「分かった。ギムナジウムにはラウラがいるはずだ。行ってみよう」

「ええ」

ギムナジウムは、主に生徒の鍛錬を目的とした施設だ。

修練場やプール、運動系部活の部室のみならず、地下には射撃などの訓練が行える戦術訓練場も備わっており、生徒たちが日々汗を流し続けている。

プールで《Ⅶ組》メンバーの一人にして、水泳部に所属するラウラの姿を見つけたリィンたちは、丁度プールサイドに上がった彼女の元へと駆け寄った。

水泳帽を脱いだラウラは、その流れるような青い髪をポニーテール状に結い、プールサイドに置かれたベンチで休息していた。

ラウラ・S・アルゼイド。

凛然とした面持ちと、日々の鍛錬によって培われた抜群のスタイルを持つ美少女で、騎士道を重んじている。

こんなにも清艶な容姿の持ち主である彼女だが、その実〝新入生最強〟と呼ばれるほどの実力者でもあり、《光の剣匠》と呼ばれる、帝国最強の剣士——ヴィクター・S・アルゼイドを父に持つ。

名からも分かるように、彼女の修得した剣術は、帝国内でも誉れ高い《アルゼイド流》だ。

周知の事実だが、アルゼイドの家は、同じく武の名家として知られる、ヴァンダール家と双璧を成す存在でもある。

リィンたちの存在に気づいたラウラは、「おや？」と不思議そうな顔をしていた。

「どうしたのだ？　水練の稽古にでも来たのか？」

「いや、今日はラウラに用があってな」

「私に？　そうか。では着替えるので、少し待っていてもらえるだろうか？」

「それは構わないが、水泳部の練習はもういいのか？」

「ああ。今日は軽く流していただけだからな。問題ない」

そう言って、ラウラはベンチから腰を上げた。

残った水滴が、彼女の身体のラインを伝って床に落ちる。

「――」

たったそれだけのことであるが、リィンの目にはそれがなんとも美しい――高名な芸術品のように思えてしまった。

が――じろりっ。

「リ、ィ、ン？」

それに気づいたアリサの目は、あきらかに笑っていなかった。

「い、いや、違うんだ。俺は決していやらしい気持ちで見ていたわけじゃ……」

「さあ、どうだか？　あなたには〝前科〟があるし。この前の水練の授業も、同じことを言ってたけれど、やったことと言えば――」

「……分かった。俺が悪かった……」

どれも不可抗力に違いはないが、がっくりと肩を落としたリィンを放置し、アリサはラウラに告げる。

「じゃあ私たちは更衣室の前で待ってるから。きちんとリィンのことは見張っておくから、あなたは安心して着替えてちょうだい」

「ふふ、承知した。では後ほど」

更衣室に向かうラウラを見送った後、失意のリィンは「ほら、行くわよ」とアリサに引っ張られていった。


「――承知した。私でよければ協力しよう」

着替え終わったラウラに事情を説明すると、彼女はすんなりとそれを承諾してくれた。

三人目にして得たようやくの成果に、リィンたちは揃って安堵の表情を浮かべた。

「ありがとう、ラウラ」

「ふふ、構わぬ。困った時はお互いさまだ。それにこれは私にとってもいい鍛錬になりそうだからな」

「いや、それでも本当に助かったよ。俺からも礼を言わせてくれ」

「分かった。ならば素直に受け取っておこう」

微笑み合い、三人は最後の協力者を捜すため、ギムナジウムを後にしてグラウンドに向かった。

グラウンドでは、アリサの所属するラクロス部の他、先の話題でも出たユーシス・アルバレアの所属する、馬術部などが精力的に活動している。

厩舎の前で馬の世話をしていたユーシスの姿を発見したリィンたちは、「お疲れ、ユーシス」と労いの声をかけた。

「なんだ、誰かと思えばお前たちか」

やや尊大な口調で振り向いたのは、どこか高貴な雰囲気漂う、金髪に碧眼の少年だった。

ユーシス・アルバレア。

貴族の中でも〝四大名門〟と呼ばれる名家の一つ――アルバレア公爵家の次男で、言動は尊大だが、心根は仲間思いの優しい少年である。

貴族を毛嫌いしていたマキアスとは、一時期険悪な関係であったが、特別実習などの経験を経て、口ではあれこれ言い合いつつも、今では良きライバル的な間柄となっている。

ユーシスは馬の世話をする手を止め、リィンたちに向き直った。

「揃って現れたところを見ると、何か俺に用があるらしいな？」

「ああ。実は少し協力してもらいたいことがあるんだ。もちろんユーシスの手が空いていればの話なんだが……」

「ほう。手が空いているかどうかは見ての通りだが、一応言うだけ言ってみろ。聞く耳くらいは持ち合わせているつもりだ」

「分かった」

頷き、リィンは何度目かの同じ説明をユーシスにする。

リィンの話を黙って聞いていたユーシスは、聞き終えた直後に「そういうことか」と納得した様子を見せたのだが、

「悪いが他を当たってくれ。新型のＡＲＣＵＳというものには、俺も興味があるが、今はこいつらの世話で少々手が離せんのでな」

白馬の首元を優しく撫でながら言うユーシスに、リィンは口元をふっと和らげた。

「いや、気にしないでくれ。ユーシスならそう言うと思っていたからな」

「そうか。また用があれば声をかけるがいい。手を貸せる時もあるだろう」

「ああ、その時はよろしく頼む」

ユーシスの元を後にしながら、リィンたちは次にどこに向かうかを話し合う。

「そういえば、クロウ先輩とかはどうなの？　いつも暇そうにしているけれど？」

「ああ、クロウか……」

問われたリィンの顔に曇り色が宿る。

アリサの言ったクロウ・アームブラストは、リィンたちの一年上の先輩にあたるのだが、授業をサボり過ぎたおかげで単位が不足し、現在はそれを埋めるため、期間限定で《Ⅶ組》に編入している。

面倒見の良い性格だが、色々とおちゃらけており、子ども相手に《ブレード》というカードゲームで賭け事（飴などだが）をするなど、いわゆるガキ大将みたいな少年である。

困ったように頭を掻くリィンに、アリサとラウラはこぞって顔を見合わせた。

「実は夕べ話した時に、今日は帝都で〝絶対に外せないレース〟があるとかで、今は多分ヘイムダルにいるはずだ」

「ふむ、以前実習で訪れた際も、何やら賭け事に興じていた気がするが……」

「ああ。もっとも、未成年だから実際にレースに参加するわけじゃなく、雑誌か何かの企画でハガキを送って応募するような形だったはずだ」

「なるほど。それで今回もその結果を直で見るために、わざわざ帝都まで行ったわけね？」

「ああ、そういうことになるな」

揃って嘆息し、それならば仕方がないということで、意見を一致させる三人だった。

本校舎に移動しようとしたリィンたちは、途中、写生用具を片手に歩く、褐色肌に長身の少年と、偶然にも出会うことが出来た。

ガイウス・ウォーゼル。

エレボニア帝国の国境に位置する、ノルド高原で生活する遊牧民の生まれで、自然を愛する真面目な少年だ。

《隻眼のゼクス》と呼ばれる、帝国軍のゼクス中将を魔獣の群れから救ったことで、士官学院への推薦を得、今に至っている。

絵を描くことが趣味であり、以前はノルドの風景をよく描いていたらしく、技術を学ぶため、今は美術部に所属している。

「……む?」

リィンたちの存在に気づいたガイウスは、しっかりとした足取りでこちらに近づいてきた。

「やあ、ガイウス」

「ああ。アリサとラウラも元気そうで何よりだ」

「うむ、そなたもな」

「まあ昨日の今日だしね。それは絵の道具?」

アリサに問われたガイウスは、「そうだ」と大きく首肯した。

「部長に言われてな。たまには普段行かない場所で刺激を受けてこいとのことだ」

「なるほどね。確かにいつも部屋の中じゃ、いいアイディアも浮かばないでしょうし」

「ふむ、一理あるな。私も故郷にいた頃は、様々な場所で鍛錬を行ったものだ」

「えっと……それはまた別の問題だと思うのだけれど……」

「ふむ?」

小首を傾げるラウラに、「まあいいわ」とアリサは話を切り替える。

(リィン、どうするの?)

(そうだな、個人的には頼みたいが、せっかく今日は天気もいいし、絵を描くにはもってこいの日だと思う。何より美術部としての活動中だからな。残念だが他を当たろう)

(そうね。私もそれがいいと思うわ)

(うむ、異存はない)

密談し、結論の出た三人は、それをガイウスに伝えることにした。

「大丈夫か? オレに用があったように見えるのだが……」

「ああ。実は頼みたいことがあったんだけど、そこまで重要なことじゃないから気にしないでくれ。それよりいい絵が描けるといいな」

「ありがとう。そう言ってくれると、いい風に恵まれそうな気がしてくる」

「じゃあ頑張ってね」

「また会おう」

「ああ。リィンたちの方も頑張ってくれ」

ガイウスを見送り、リィンたちは再び本校舎を目指す。

《Ⅶ組》のメンバーで残っているのは、あと三人。

そのうちの一人でも協力してくれればよいのだが……。

そう思いながら、リィンたちは吹奏楽部に所属する、エリオット・クレイグがいるであろう音楽室の前にやって来た。

中からは多種多様な楽器の音色が聞こえてきており、リィンたちは演奏が止んだのを確認してから扉をノックし、エリオットを呼び出した。

運よくエリオットは音楽室内で活動しており、呼び出しに応じて廊下の方に来てくれた。

「やあ、リィン。それにアリサにラウラも。三人揃ってどうしたの？」

どこか母性本能をくすぐる微笑みでリィンたちを迎えた、鮮やかな紅髪が特徴の少年。

エリオット・クレイグ。

〝帝国軍最強〟と謳われる、第四機甲師団の団長――《紅毛のクレイグ》ことオーラフ・クレイグを父に持つが、ピアノ教師であった母と姉の影響を強く受けており、彼自身は軍人ではなく、音楽家を目指している。

年上受けする可愛らしい容姿のため、故郷にいた頃は、ご近所のお姉さん方から莫大な支持を得ていたらしい。

「お疲れ、エリオット。相変わらず楽しそうだな」

「うん！　音楽は楽しいよ！」

満面の笑みでそう言うエリオットの様子に、リィンたちは本当に音楽が好きなんだなと温かい気持ちになった。

「あ、ごめんごめん。それでどうしたの？　僕に何か用？」

「ああ。実はエリオットに頼みたいことがあったんだが……今は何かの練習中だったのか？」

「あ、うん。リィンたちも来てくれた、この前の演奏会なんだけど、嬉しいことに凄く評判が良くてね。それでまた是非演奏会を開いて欲しいって言ってくれる人たちがいたんだ」

「なるほど。それでそなたらはその演奏会に向けて、皆で練習をしていたのだな？」

ラウラがそう問えば、エリオットは清々しいくらいの笑顔でこくりと頷いた。

「うん、そうなんだ。もう少ししたらまた実習とか始まっちゃうでしょ？　だから今しか時間がなくてね」

「そうか。それは邪魔してすまなかった」

「ううん、気にしないでよ。休憩だって大事だしね。それで頼みたいことって何かな？　僕に出来ることならいいんだけど」

「「「……」」」

エリオット以外の三人が、無言で顔を見合わせて頷く。

この状況で頼むことなど出来はしない――三人が三人ともそう考えていたのだ。

「いや、大したことじゃないし、もし手が空いていればの話だから気にしないでくれ」

「えっ？　でもわざわざ三人で来るぐらいだし、大切なことだったんじゃないの？」

申し訳なさそうな顔をするエリオットに、アリサは苦笑しながら小さく両手を振る。

「いいのいいの！　シャロンにちょっと頼まれたことだから、私たちだけでもなんとかなるし。

それより次の演奏会、とても楽しみにしているから頑張ってね」

「うん、ありがとう。でも本当に大丈夫？」

「案ずるな。私もついている」

「そっか。じゃあ悪いけど、そっちは皆に任せるよ」

「ああ、頑張ってくれ」

「うん！　じゃあまたね！」

最後にもう一度微笑み、エリオットは室内へと戻っていった。

再び演奏が聞こえ始めてから、リィンたちも次の場所へと向かい始めるのだが、

「……ああは言ったけれど、さすがにちょっと心配になってきたわ」

「あ、ああ……。そうだな」

「うむ……」

三人の足取りは少々重いものになっていた。

残る《Ⅶ組》メンバーは二人。

もしこの二人が駄目ならば、最悪《Ⅶ組》の担任である、サラ・バレスタインに頼むか、それとも《Ⅶ組》ではない他のＡＲＣＵＳ所持者に頼むか……。

どちらにせよ、今回の依頼はＡＲＣＵＳの試験配備がされている、《Ⅶ組》へのものだ。

可能な限り《Ⅶ組》のメンバーで試験に臨みたい。

リィンにしろアリサにしろ、その気持ちは同じだった。

「――よし、気を取り直して、次は調理室へ行こう。ミリアムがいるかもしれないからな」

そう勢い込み、調理室に向けて歩き始めたリィンだったが、

「……あのね、リィン。非常に言いにくいのだけれど……」

と、アリサが視線を外しながら彼の足を止めた。

「どうしたんだ？」

「とりあえずあれを見よ」

窓の外を指差すラウラの視線の先を追ってみると、
そこにはゆらゆらとどこかへ飛び立っていく、ミリアム・オライオンの姿があった。

「ミ、ミリアム!?」

ミリアム・オライオン。

一見すると、無邪気で人懐こい性格の少女だが、その正体は《白兎》のコードネームを持つ、

帝国軍情報局に所属するエージェントである上、《鉄血宰相》の異名を持つ、エレボニア帝国の宰相――ギリアス・オズボーン配下《鉄血の子供たち》の一人でもある。

《Ⅶ組》に編入したのも、《鉄血宰相》の指示によるものであり、彼女にはなんらかの任務が課せられているらしい。

これだけの経歴を持つ彼女だが、実年齢は未だに〝13歳〟というから驚きである。

そんなミリアムが、今リィンたちの目の前で、自身の持つ謎の傀儡――アガートラムの腕に乗り、何処かへと飛び立っていく。

リィンは慌てて窓を開け、小さくなっていくミリアムの背に向けて叫んだ。

「ミリアムー！」

「あ、リィンだ！　ヤッホー！」

ミリアムは無邪気に笑いながら、大きく手を振っていた。

「いや、ヤッホーじゃなくって……。どこへ行くんだー？」

「部活でクッキー作ったから、レクターたちに分けてくるねー！」

ちなみにミリアムの言うレクター・アランドールも、彼女と同じ《鉄血の子供たち》の一人である。

つまり帝都へイムダルに向かおうとしているわけだ。

「じゃあねー！」

ふりふりと再度大きく手を振り、ミリアムは飛んで行ってしまった。

残り二人のうち、早速一人の可能性が消えた瞬間であった。

残されたリィンたちは、ただ呆然と彼女を見送ることしか出来なかった。

「「「……」」」

なんだか無駄に気疲れしたリィンたちだったが、旧校舎のベンチで昼寝をしていた《Ⅶ組》メンバー最後の一人――フィー・クラウゼルと出会ったことで、その気持ちは一気に吹き飛んだ。

「……ん。いいよ」

詳細を聞いたフィーが、二つ返事で了承してくれたからだ。

フィー・クラウゼル。

面倒臭がりの性格で、いつも眠そうな顔をしている小柄な美少女だが、驚異的な身体能力を持ち、二階くらいの高さなら、普通に飛び降りたり、壁伝いに駆け上がったりする。

というのも、フィーは元々《西風の妖精》と呼ばれるほどの猟兵――つまりは〝傭兵〟であり、ゼムリア大陸でも屈指の猟兵団である、《西風の旅団》の一員だったのだ。

そのことで、〝猟兵〟というものにあまり良い印象を抱いていなかったラウラと、一時期不穏な間柄になったこともあったが、今ではお互いに認め合い、《Ⅶ組》の中でも最強のコンビ

となっている。

フィーの参加で、なんとか試験に必要な人数を集めることが出来たリィンたちは、ほっと胸を撫で下ろしていた。

「助かったよ、フィー。これで無事に依頼を遂行することが出来そうだ」

「そうね。まさかラウラ以外、皆忙しいとは思わなかったわ……」

「……そうなの?」

未だに眠いのか、目元を擦りながらフィーが尋ねる。

「うむ。だからこそそなたに感謝を。助かったのは事実だ」

「……そう。ならよかった」

ぐいっと背筋を伸ばし、フィーがベンチから立ち上がる。

それを確認したアリサは、皆に向けて告げた。

「じゃあ一度シャロンのところへ行きましょう。たぶんそろそろ寮に戻って来ていると思うし」

「ああ」「承知した」「……ん。了解」

三者三様に返事をし、リィンたちは第三学生寮へと歩を進めた。


学生寮でシャロンに試験メンバーが集まったことを報告したリィンたちは、その足でギムナジウムにある修練場へと向かった。

いつもはフェンシング部などが活動をしているのだが、お昼前ということもあってか、今は丁度空いているようだった。

ラウラとフィーが自身のＡＲＣＵＳをシャロンに渡し、リィンたちからそれぞれ新型のＡＲＣＵＳを受け取る。

少しの間、物珍しそうにそれを観察していた二人だったが、早速装備し、準備が万全であることを態度で表していた。

「皆さま、本日はラインフォルトからのご依頼にお集まりいただいたことを、会長に代わり、私の方からお礼を申させていただきます」

恭しく頭を下げるシャロンに、リィンたちは少々こそばゆい思いだった。

「いえ、気にしないでください。理事であるイリーナ会長には、俺たちもお世話になっていますし、協力出来ることがあるなら、いつでも言ってくれて構いません」

リィンの言葉に、ラウラとフィーも頷く。

アリサは腕を組みながらも、少々赤みを帯びた顔で、「まあ無下には出来ないし……」と言っていた。

そんな彼女の様子にふふっと嬉しそうな微笑みを浮かべたシャロンは、改めて今回の趣旨を説明し始めた。

「ありがとうございます、皆さま。それでは私の方から、此度のご依頼を改めてご確認させていただきます。今回、皆さまに試験していただくのは、新たに開発されたＡＲＣＵＳです。改良点といたしましては、より戦術リンクの精度を向上させ、戦闘での連携を一ランク上のものへと昇華させることを目的としております」

「つまり今まで以上に強力な連携技が出来ると？」

ラウラがそう問えば、シャロンは笑顔を崩さずに首肯した。

「その通りです。現段階のＡＲＣＵＳでも、皆さまはかなり高いレベルで戦術リンクを使いこなしています。ですので、この試験が成功すれば、恐らくは〝二身一体〟という、高次元のシンクロが可能になることでしょう」

「二身一体……」

ごくりとリィンたちは固唾を飲む。

もし仮にそれが可能になったとして、《剣仙》ユン・カーファイと、《光の剣匠》ヴィクター・Ｓ・アルゼイドが戦術リンクを組んだとしたならば、恐らくはたった二人で帝国軍に壊滅的な打撃を与えることが出来ると言っても、過言ではないだろう。

もちろん未だ完成の域には達していないし、帝国軍には名うての武人たちもいる。

容易くはないだろうが、この試験には、それほどの可能性が秘められているということだ。

「とはいえ、まだまだ試験段階ですので、皆さまはどうぞお気を楽にして、試験に臨んでくださいませ」

リィンたちの緊張を見抜いたであろうシャロンが、場の空気をやんわりと和やかなものに変える。

おかげで大分気が楽になったリィンたちは、互いに頷き、早速試験を始めることにした。

リィンはアリサと、ラウラはフィーとそれぞれペアを組み、戦術リンクを結んで対峙する。

立会人をするのは、言わずもがなシャロンだ。

模擬戦とはいえ、気迫は真剣。

両陣営ともに鋭い睨みをぶつけ合う。

リィンは東方由来の剣――太刀を、アリサは導力式の弓をそれぞれ構え、対するラウラは身の丈ほどもある大剣を、フィーは双銃剣を両手に構え、シャロンの合図を今か今かと待ち侘びていた。

「それでは――始め！」

『――っ！』

瞬間、真っ先に駆け出したのは、リィンとフィーだった。

両者ともにスピードを重視するタイプの戦闘スタイルだからだ。

すかさずアリサは弓でリィンの援護をするが、

「甘い！」

「くっ⁉」

ラウラの剛剣に阻まれ、そのまま肉薄される。

「燃え尽きなさい――ファイヤ！」

が、アリサの炎の矢――《フランベルジュ》がラウラを襲う。

しかしラウラも一歩も退かない。

特攻の勢いを殺さず飛び上がり、アリサの技――つまりは〝クラフト〟を躱して自らのクラフト――《鉄砕刃》を仕掛ける。

「砕け散れ！」

「させるか！　――せいや！」

そこに飛来するのは、リィンが放った三日月型の斬撃――《弧影斬》だ。

「なんの！」

咄嗟に剣を翻し、ラウラはリィンの斬撃をガードする。

「余所見は感心しない。――行くよ」

一瞬の隙を突き、リィンに向けてフィーの十字刃――《スカッドリッパー》が放たれる。

「そこだ！　――たあ！」

リィンはそれを迎え撃つため、刀身を鞘へと収め、抜刀術――《紅葉切り》を放った。

「「……っ」」

二人の剣戟が火花を散らし、両者はさらなる追撃を仕掛けようと、互いのペアの名を叫ぶ。

「行くぞ、アリサ！」「ラウラ、決めるよ！」

「分かった！」「任せるがよい！」

その瞬間――戦術リンクが発動した。

『――なっ⁉』

だがそれは彼らの想像していたものではなかった。

凄まじい輝きがＡＲＣＵＳから放たれ、その場にいた全員が何かしらの方法で顔を覆った。

一瞬にも永遠にも思えたその輝きは、いつの間にやら消失し、リィンたちは恐る恐る辺りを確認した。

とくに何が起こったわけでもない。

修練場の中に、別段変わった様子は見られなかった。

「シャロンさん、今のは……？」

アリサがそう問うと、シャロンは不思議そうに小首を傾げた。

「……お嬢さま？」

「まったくなんなのよ……」

リィンがうんざりしたようにそう言うと、シャロンはさらに首を傾げた。

「あら……？　リィンさま？」

「今のは一体なんだったのだ？　大丈夫か？　フィー」

さらには凛々しい口調で言うフィーと、

「……ん。大丈夫」

眠そうな顔で返答するラウラ。

「あら、これはもしかしますと……」

笑顔を保ちつつも、困惑したような声のシャロンに、一同は反応が遅れてしまったが、改めて周囲を見回したことで、何かがおかしいことに気がついた。

「あれ……？　どうして自分の姿が見えるんだ……？」リィンに向けて言うアリサ。

「えっ……？　なんで私が喋ってるの……？」アリサに向けて言うリィン。

「む？　フィーの姿がないぞ？」フィーを探すフィー。

「……ラウラ、わたしはここ」自分はフィーだと言うラウラ。

『……』

静寂――そして大絶叫。

「ええええええええええええええっっ⁉　こ、これは一体どういうことよ⁉　って、なんで私がリィンの声で喋ってるのよ⁉」

「お、落ち着け、アリサ――いや、俺！　って、どうして俺が俺をなだめてるんだ⁉」

「もしかして……フィーか？」

「……ん。そう言うわたしはラウラ？」

「うむ。どうやらそのようだ」

「って、なんであなたたちはそんなに冷静なのよ!?　私たち入れ替わっちゃったのよ!?」

そう、違和感の正体。

それは戦術リンクを組んでいた互いの精神が、〝入れ替わってしまった〟ということだった。

リィンはアリサと、アリサはリィンと。

ラウラはフィーと、フィーはラウラと。

何故かそれぞれの精神が入れ替わり、鏡もないのに自分が自分の身体を見つめる事態となってしまっていたのだ。

「あらあら、これは困りましたわ」

「困りましたわじゃないわよ!?　どうなってるのよ、これは!?」

この状況でも優雅に構えるシャロンに、リィンが女性の言葉を使いながら猛抗議する。

いささか気味が悪いが、中身はアリサなのでそれも仕方のないことだった。

「恐らく戦術リンクの精度を向上させたＡＲＣＵＳの誤作動により、精神がシンクロを通り越して交換されてしまったのではないかと」

「みたいだね」

「うむ。珍しい経験だな」

「だからどうしてあなたたちはそんなに冷静なのよ⁉」

とくに動じた様子を見せないラウラとフィーに、リィン（アリサ）は声を荒らげる。

「まあ相手がフィーだからな」

「……ん。わたしもラウラなら別に構わない」

「あ、あなたたちねえ……」

互いに微笑み合う両者に、アリサは出る言葉もなかった。

「とにかく落ち着こう、アリサ。必ず解決策があるはずだ」

「……そうね」

何故自分に諭されなければならないのか、言いしれぬ脱力感に苛まれながらも、アリサは幾許かの落ち着きを取り戻したようだった。

「――お嬢さま。いえ、今は〝お坊ちゃま〟とお呼びした方がよろしいでしょうか？」

「それが無駄な気遣いだと分かっていてやってるでしょ、あなた」

ジト目のアリサを軽やかにやり過ごし、シャロンは続ける。

「実は私、一つ考えたことがございまして」

「もしかして何か解決策があるの⁉」

シャロンの言葉に、アリサは期待に胸を膨らませた。

この悪夢のような状況から脱せるのならば、たとえ多少強引な方法になったとしても構わない。

リィンことアリサはそう覚悟を決め、シャロンの言葉を待った。

が。


「――〝弟〟というのもよいものですね」


「……はっ？」

シャロンの口にした言葉は、想像以上に傾《かぶ》いていた。

呆然とするアリサに、シャロンは頬に手をあてながら言った。

「いえ、実は私、前々から〝弟が欲しい〟と思っておりまして」

「ごめんなさい。あなたが今何を言っているのか、全然まったくこれっぽっちも分からないし、分かりたくもないわ」

叱責の念を込めてそう言うも、シャロンは揺るがなかった。

「願いが叶ってよかったですわ」

「全然よくないわよ!?　どうしてくれるのよ!?　私に一生リィンでいろって言うの!?」

「いや、そんなに嫌がらなくても……。これでも毎日鍛錬を欠かしたことは」

「あなたは黙ってて！」

くわっと自分でも見たことのないような形相で一喝され、「わ、分かった……」とリィンはラウラたちの元へと退避した。

「まあそう気に病むな。そのうちなんとかなるはずだ」

「ああ、そうだといいが……。とりあえずありがとう、フィー……じゃなく、ラウラか」

「……ん。わたしはこっち」

言いながら、寝惚け眼のラウラが自分を指差す。

ややこしいな……、と内心リィンは思いつつ、なるべく早めに状況の改善を願うのだが、

「さあ、どうぞ〝お姉ちゃん〟と呼んでくださいませ」

「呼ばないわよ!?　というか、あなたこの状況を楽しんでるでしょ!?」

「……はあ」

それはあの二人が落ち着くまで、しばらく叶いそうにもなかった。

ただ一つ言えるのは、自分が時折内股になり、女性の言葉を使って怒鳴り散らしている姿を見るのは、この上なく心にダメージを負うということだけだった。

二章——■訪れた非日常

新型ARCUSの誤作動によって、戦術リンクを組んでいた互いの精神が入れ替わってしまったリィンたちは、なんとか元に戻そうと、再度戦術リンクを組み、戦闘を行おうとしていた。

こうなってしまった原因が、精度を向上させた戦術リンクのせいだと言うのであれば、同じ原理を用いることで、再び誤作動を起こそうと考えたのである。

が。

「……駄目だ。思うように剣が振るえぬ……」

がんっ、と地面に大剣の切っ先を突き刺したのは、無駄に凛々しい顔つきになったフィーだった。

言わずもがな、中身はラウラである。

「そうだね。たぶん身体と武器が合ってないんだと思う」

当然、寝惚け眼で両手の双銃剣を見つめるラウラには、代わりにフィーの精神が宿っていた。

「確かに。いつもより剣が重く感じるな。重心も安定しない」

彼女らに同意するのは、刀を握り、男っぽい口調になったアリサと、

「私も。弓を引く分には問題ないけれど、この身体にはちょっと小さいかもしれないわね。まあ私専用に調整してあるから、合わないのは当然なのだけれど……」

若干内股気味になり、どこかなよっとした雰囲気で女性の言葉を使うリィンだった。

もちろん入れ替わっているので、アリサにはリィンの、リィンにはアリサの精神がそれぞれ

定着している。

「武器もそうですが、身体の方も修練を始めた時から、最も効率よく己が武器を扱えるよう昇華していきます。である以上、合わないのは当然ですわ」

そしてこの状況でも涼しい顔なのは、アリサのメイドであるシャロンだ。

とくに動じた素振りも見せず、自分のことを「お坊ちゃま」と呼ぶなど、どこか楽しんでいるようにも見えるシャロンの様子に、アリサはジト目をぶつけながら問う。

「じゃあどうしろって言うのよ？　お互いの武器を交換しろとでも？」

「いえ、確かにその身体に合った武器にした方がよいとは思いますが、それは〝内側〟と〝外側〟――つまり〝心身〟がきちんと揃っている状態での話です。現状では、たとえ武器を交換したとしても、高次元での連携は難しいと思いますわ」

シャロンの言葉を聞き、一同の表情が曇る。

事はそう単純なものではない、と再度思い知らされたからだ。

「ならば現状で合う大きさの武器を、改めて見繕うというのはどうだろうか？　多少のずれは感じるると思うが、それでも自身の扱う武器と同種のものだ。慣れるまでそう時間もかかるまい」

「……ん。ナイスアイディア、ラウラ」

ぶい、とＶサインを作るフィーに、アリサは慌てて口を挟む。

「ちょ、ちょっと待って!?　確かにうちの製品で起こった事故だし、そういうことなら、ラインフォルトが責任を持って製作してくれるとは思うけれど……」

実家と距離を置いているアリサは、言いづらそうに横目でシャロンを見やる。

言外にある彼女の気持ちを理解しているシャロンは、にこりと咲き誇る花のように微笑み、

「もちろんですわ」と了承の旨を告げた。

それに安堵の表情を浮かべたアリサだったが、自分の言いたいことはそこではないと、捲し立てるように口を開いた。

「その間ずっとこの身体でいろって言うの⁉　二十四時間ずっと⁉」

「俺はとくに気にしないが……」

「私が気にするのよ！　というか、〝とくに気にしない〟ってどういうことよ⁉　私の身体には何も感じないと言いたいわけ⁉」

「い、いや、そういうことじゃなくてだな……」

「じゃあどうなの⁉　リィンは私のことをどう思って――って、何言わせるのよ⁉　馬鹿っ！」

真っ赤な顔で後ろを向いてしまったアリサに、リィンはどうしていいか分からず、たじたじになっていた。

「……アリサ、意外と大胆」

「ふふ、恥じらいに顔を染めるお坊ちゃまも可愛いですわ」

「シャロン殿、そなたやはり楽しんでいるのでは……？」

リィンとアリサのやり取りを遠巻きに、そんな会話をする三人だった。

今回の依頼はラインフォルトの威信もかかっているため、ひとまず学院長以上への報告はしないでもらいたいとシャロンから念押しされたリィンたちは、とりあえず生徒会長であるトワ・ハーシェルに状況を報告し、事態の打開へ助力を乞うことにした。

なお、シャロンは一度ラインフォルト本社のある〝黒銀の鋼都〟――ルーレに戻り、何か解決策がないかを探してみるということだった。

「――なるほど。にわかには信じがたいけど、状況は把握出来たと思う。それで、えっと……リィン君？」

と、未だに確信を持てない様子で、アリサ（リィン）に問いかけるのは、ほんわかと柔和だが、どう見ても年下にしか見えない容貌の、小柄な美少女だった。

トワ・ハーシェル。

幼い外見と口調から、よく年下だと間違われがちだが、これでもれっきとした18歳であり、リィンたちの先輩にあたる。

頑張り屋で面倒見の良い優しい性格の上、常人離れした事務処理能力を有し、常に仕事に追われている印象を受けるが、彼女の場合、任された仕事はきちんと全部こなしている。

以上のことから、トワ自身は平民の出でありつつも、身分を問わず支持を受け、生徒会長職に就任した。

彼女の優秀さは、学院の枠を越えて様々な方面にも行き届いており、先日クロスベルで行われた、〝西ゼムリア通商会議〟でも、随行団の一員に抜擢されるほどであった。

そんな彼女に問いかけられたリィンは、申し訳なさと情けなさが入り交じったような表情で
「はい……」と答えた。

「本当にリィン君なんだ……。で、こっちが……アリサちゃん？」

「ええ、そうです……」

がっくりと肩を落とし、リィン同様アリサも答える。

「う、うーん……。えっと……ラウラちゃんとフィーちゃん？」

「うむ」

「……ん」

「え、えっと……」

あからさまに動揺するトワに、リィンたちもいたたまれない気持ちだった。

「なんかすみません……」

「えっ⁉ あ、ううん！ 大丈夫！ ＡＲＣＵＳの誤作動だもん。仕方ないよ。それより皆の方こそ大丈夫？」

「はい。俺たちは大丈夫です。精神は入れ替わりましたけど、それによって身体に不調が起き

るというのは、今のところないみたいなので」

「そっかぁ……。よかったぁ……」

トワがほっと胸を撫で下ろし、「でも何かあったらすぐに言わなくちゃ駄目だよ？」と少々語尾を強くして言った。

彼女は自分がどんなに忙しい状況でも、周囲への気遣いを絶対に忘れない。

そういう優しさの持ち主だからこそ、身分を越え、多くの人から支持を集めることが出来るのだろう。

そう感じたリィンは、「はい」と返事をした後に、改めて彼女にお礼を言う。

「ありがとうございます。会長と話していたら、なんだか少し気が楽になりました」

「えへへ、どういたしまして。私も皆が早く元に戻れるように協力するから、出来ることがあったら遠慮なく言ってねっ！」

両手を胸元でぐっと握るトワの姿に、リィンたちはなんとも言えぬ心強さを覚えるのだった。

「というわけで、リィン君たちを元に戻すため、皆から案を募《つの》りたいと思いますっ！」

教卓の前で凛然と言い放つのは、件のトワである。

普段のほんわかとした雰囲気とは違い、今は生徒会長として、皆のリーダーであるトワ・ハーシェルの姿を見せていた。

隣にはクラス委員長であるエマの姿もあり、一年Ⅶ組の教室内には、帝都へイムダルへと向かったクロウとミリアム以外の、《Ⅶ組》のメンバーがほとんど揃って着座していた。

こういう事態になってしまっては仕方がない。

リィンたちはトワの協力を得て、彼女のＡＲＣＵＳで、皆に連絡を取ってもらったのだ。

各々の事情を知っている中で、非常招集をかけさせてもらったこと、そしてその役をトワに任せてしまったことに、心から申し訳なく思うリィンたちであったが、トワを含めたメンバー全員から、「気にしなくていい」「こういう時に呼ばなくてどうするのか」と喝を入れられ、しみじみとした気持ちになっていた。

進行役をトワが、書記役をエマが務める中、入れ替わってしまったリィンたちの精神を、なんとか元に戻すための意見交換が始まる。

リィンたちの席は、本人だと分かりやすいよう、精神の方に合わせて変更している。

真っ先に手を上げたのは、マキアスだった。

「はい、マキアス君」

「はい。まずは現状をしっかりと確認した方がいいと思います。何故こうなってしまったのか、原因は本当にＡＲＣＵＳの誤作動だけなのかを今一度——」

「阿呆が。そんなことを呑気に考えている時間があるとでも思っているのか？」

途中で口を挟んだのは、腕を組み、不遜な態度でマキアスを見やるユーシスだ。

「なっ⁉　それはどういう意味だ⁉」

「現状をよく考えてもみろ。こいつらの状態は非常に不安定だ。不確定要素も多い。脅すわけではないが、いつ何が起こってもおかしくはないんだぞ？」

「そ、それはそうだが……」

「ならばもっと効率的に物事を考えるべきだ。早々にこいつらを元に戻す方法をな」

「だ、だからこそ、そのために現状の確認をする必要が――」

「ちょ、ちょっと二人とも！　今は言い争っている場合じゃないでしょ？」

　エリオットにそう諭され、二人はばつが悪そうに口をつぐんだ。

「うん、君たちの意見は分かったよ。原因については、シャロンさんの方がラインフォルトに直接出向いているから、それで何か分かればと思うけど、現状では戦術リンクの感応が高過ぎたのが原因だと見ているみたい」

「だからもう一度その感応現象を起こそうとしたんでしたよね？」

　エマに問われ、トワは「うん、そうみたい」と頷いた。

「その点については、リィン君たちの方が詳しいと思うけど、どうかな？」

「ええ、トワ会長の言うとおりで間違いはないです。俺たちはもう一度同じことを繰り返せば、元に戻れるんじゃないかと考えました。でも身体と武器が合わなくて、結果的に失敗しました」

　リィンの言葉に、ラウラも続く。

「一応それぞれの身体に合う武器の発注も考えたのだが、色々と問題も浮上してな。現状ではやはり手詰まりだと言うほかはないだろう」

そこに食いついたのは、やはりアリサだった。

「し、仕方ないじゃない！　あなたたちはまだ女の子同士だからいいでしょうけど、私なんてリィンとなのよ⁉」

「いや、そんなに嫌がらなくても……」

「ま、まあ仕方ないよ。アリサちゃんだって女の子だし。で、でも別にリィン君のことが嫌だからとか、そういうことじゃないんでしょ？　そうだよね？　アリサちゃん」

「えっ⁉　そ、それはまあそうですけど……」

どこか言いづらそうに顔を伏せるアリサの顔は、ほんのりと赤みを帯びていた。

「……やはりどうにも慣れないな」

「あはは、まあ僕も未だに信じられないからね」

恥じらうアリサ（外見はリィン）の姿を前に、頭痛を覚えるマキアスと、苦笑いのエリオットだった。

「ところでガイウス、お前はどう思う？　先ほどから意見を述べていないようだが？」

ユーシスにそう問われたガイウスは、「そうだな」と考える素振りを見せた後、一度頷いてから口を開いた。

「オレはこれも風と女神の導きだと思っている」

「ほう、その根拠はなんだ?」

「ああ、オレたちはこのクラスに来てから、今までに様々なことを経験してきた。困難にぶつかったことも多々あったと思う。だがオレたちはそれを乗り越え、前に進んできた。学んだことも多い。だからこれも何かしらの試練なのではないかと思えるんだ。実際に精神が入れ替わったリィンたちにしろ、それを支えるオレたちにしろ、それは同じだとオレは考えている」

「なるほど。お前らしい意見だな」

ふっと口元を緩めるユーシスに、ガイウスも微笑みを浮かべ、こう言い切った。

「心配するな。たとえ時間がかかったとしても、きっとオレたちなら乗り越えられるはずだ」

「ガイウス……」

彼のその一言に、リィンを始めとした全員が、胸に熱いものを感じていた。

が。

「あ、あの、なるべくなら時間をかけないようにお願いしたいのだけれど……」

アリサだけは、一人丸く収まりそうな雰囲気に異を唱えていたのだった。

すでに静かな寝息を立てているマイペースなフィーを尻目に、再び意見交換が行われる。

「他に意見がある人はいるかな?」

トワがそう促せば、「じゃあ僕も……」とエリオットが小さく手を上げた。

「はい、エリオット君」

「えっと、例えばだけど、ＡＲＣＵＳに何かしらの物理的な刺激を与えてみるのはどうかなって。昔、父さんがそうやって導力ラジオを直したことがあったから」

「ふむ、悪くはない考えだとは思うが……」

「いや、待ちたまえ。ただでさえ現状が不安定かつ不確定要素で溢れているんだ。迂闊なことをして、もし二度と戻らなくなったらどうするんだ？」

マキアスの指摘に、ラウラは「確かに……」と眉根を寄せた。

何か手を打たなければならないのは分かっている。

しかし下手に何かして、もし万が一のことが起こった場合、どうすればいいのか。

糸口がまったく見えないこの現状に、リィンたちは皆やり切れぬ思いで顔を曇らせていた。

「あ、諦めちゃ駄目だよ！　入れ替わることが出来たんだもん！　絶対に元に戻る方法があるはずだよ！」

「会長……」

陰鬱な空気を吹き飛ばすかのように声を張り上げたトワの姿に力を貰い、リィンは一度瞳を閉じ、小さく頷いた。

「そうだ。さっきガイウスも言っていたとおり、俺たちなら絶対に乗り越えられる――いや、必ず乗り越えてみせる！　だからすまない、皆。難しい話だというのは重々承知しているが、俺たちに力を貸して欲しい」

　真摯に頭を下げるリィンに、トワを含めた《Ⅶ組》のメンバー全員が当然だと言わんばかりの表情を浮かべていた。

「もちろんだよ！　だって仲間が困ってるんだもの」

「エリオットの言うとおりだ。オレに出来ることがあれば、なんでも言ってくれ」

「右に同じだ。俺の力が必要ならば、いつでも言うがいい」

「そうだな。こればかりは君に同意しよう。僕も力になる」

「ふふ、私もです。もちろんミリアムちゃんやクロウさんも同じだと思いますよ」

「だね！　クロウ君もああ見えて、困ってる人は放っておけない性格だし」

「皆……」

　清々しいくらいの笑顔を向けてくれる皆の様子に、リィンたちは心の底からお礼を述べた。

「本当にすまない……」

「うむ。そなたたちに心よりの感謝を」

「私も。なんてお礼を言えばいいのか分からないけれど……でもありがとう。恩に着るわ」

と。

「……ん。サンクス」

「――っ⁉」

突如聞こえたフィーの声に、リィンたちはこぞって目を丸くした。

「フィー、寝ていたんじゃないのか？」

「……ん。でもさすがにこの状況では起きざるを得ないと判断」

「ふふ、そなたらしいな」

ほんわかとした雰囲気と、皆の優しい笑顔に包まれながら、リィンたちは今一度希望を取り戻す。

すると、

「――さすがはあたしの教え子たちね。泣かせるじゃないの」

タイミングを見計らったかのように教室の扉が開き、20代半ばと思しき一人の女性が姿を現した。

「さ、サラ教官⁉」

トワが驚いたように声を上げれば、サラ・バレスタインは、何やら上機嫌で歩を進めた。

サラ・バレスタイン。

リィンたち《Ⅶ組》の担任教官で、武術及び実践技術を担当している女性だ。

ぱっと見は綺麗なお姉さんであるが、お調子者な性格の上、昼間からビールを飲んだりと、私生活はかなりだらしない。

なお、好みのタイプは〝渋めのおじさま〟である。

件のことから、色々と勘違いされがちだが、実は最年少で〝A級遊撃士〟となった過去を持ち、《紫電のバレスタイン》とまで呼ばれるほどの圧倒的な実力を持っている。

トールズ士官学院で教官になる前は、凄腕の遊撃士として、帝国内にある遊撃士協会（ブレイサー・ギルド）の支部に所属していたのだが、《鉄血宰相》ことギリアス・オズボーンの圧力によって、協会自体が縮小させられてしまったため、去らざるを得なくなってしまったのだ。

が、後に学院長のヴァンダイクにスカウトされたことで再就職し、今に至っている。

サラは相変わらずの軽い足取りで教卓近くまで赴くと、教室内を見渡し、「聞いたわよ、皆。何やら大変な事態になってるみたいじゃないの」と言った後、リィンとアリサに向けてそれぞれ告げた。

「で、君がリィン・ラインフォルト君で、そちらがアリサ・シュヴァルツァーさんだったかしら？」

『……』

この状況で何を言ってるんだ、この人は……、という視線が四方八方からサラに突き刺さるが、彼女は気にする様子をおくびにも出さず、話を続ける。

「あの、サラ教官？」

「何かしら？　アリサ・シュヴァルツァーさん」

「いえ、リィン・シュヴァルツァーです。見た目はアリサですけど……」

「もう、そんなの分かってるわよ。あたしが言いたいのは、アリサが嫁入りしたの？　ってこと♪」

「よ、嫁入りなんてしてません！」

顔を紅潮させながら慌てて否定したのは、もちろんアリサである。

その反応を期待していたサラは、満足そうに「よしよし」と一人頷いていた。

「サラ、それだとわたしはラウラのお嫁さんになる」

「あら、それもありっちゃありよ？　世の中には〝乙女の嗜み〟というものがあるくらいだし」

「……？　サラ、爆薬とか煙幕を持ち歩くのが、〝乙女の嗜み〟じゃないの？」

小首を傾げながら言うフィーに、今度はエマが慌て始めた。

「な、なんでもありませんよ？　フィーちゃん。そ、それよりサラ教官はどうしてこちらに？」

「決まってるじゃない。担任として、君たちのフォローに来たのよ」

「サラ教官……」

リィンたちがじんわりと感動を覚えていると、

『――まったくどこへ行ったのかね⁉　バレスタイン教官は⁉』

「あ、やばっ⁉」

男性の怒鳴り声の後、即座に教卓の裏に身を潜めるサラ。

一瞬遅れて、教室内にノックの音が響く。

「は、はい！」

トワが返事をすれば、「――失礼する」と一言断りながら、壮年の男性が扉を開けた。

そこに立っていたのは、指紋一つない丸眼鏡とちょび髭が特徴的な、ここトールズ士官学院の教頭――ハインリッヒだった。

ハインリッヒはいつもの神経質そうな瞳でトワの姿を確認すると、少し驚いたような表情を見せた。

「……む、君はトワ・ハーシェル君か。何故生徒会長の君がここに……と、まあそれはいい。それよりバレスタイン教官を見なかったかね？」

問われたトワは、一瞬びくっと反応したものの、努めて冷静に状況を判断し、ハインリッヒに告げた。

「い、いえ、こちらには来ていませんが……」

「ふむ、そうか。ではもし見かけた場合は、即座に私まで伝えるように。よいかね？」

「は、はい。分かりました」

「うむ。では失礼する」

どこか不遜げにそう言い残し、ハインリッヒは教室を去っていった。

彼の気配が消えたことを確認したサラは、大きく一息吐き、腰を上げる。

「……まったくしつこいったらありゃしないわ。ありがとう、トワ。おかげで助かったわ」

「いえ、それはいいんですけど……」

「今度は一体何をしたんですか？」

呆れ顔のマキアスにそう尋ねられたサラは、「失礼ね。それじゃあたしがいつも何かやってるみたいじゃない」と言い返すが、サラ以外の全員が「みたいというか、むしろやっているのでは……」と内心思っていた。

「ふん、大方酒でも飲んでいたところを見つかったのだろう」

「ち、違うわよ！　さすがのあたしでも、学院内では飲まないよう必死に我慢してるんだから！」

「まあそれは当然だと思うが……。では何故ハインリッヒ教頭に？」

ラウラの問いに、サラは腕を組み、神妙な面持ちで口を開いた。

「話せば長くなるわ……」

「あの、出来れば短めでお願い出来ると……」とエマ。

「何よぅ。せっかくお姉さんが聞くも涙の冒険譚を語ってあげようと思ったのに……」

子供っぽく頬を膨らませるサラだったが、切り替えは早いらしかった。

「まあそれは冗談として。実はとある生徒の親御さんから、いつもお世話になっているお礼にって、お酒を箱いっぱいもらっちゃってね。しぶしぶ他の教官方にもお裾分けをしようと運んでいたら、運悪く教頭に見つかっちゃったってわけ」

「なるほど。でもそれなら、きちんと事情を説明すれば、分かってもらえる気がするんですけど……」

「そこがあの教頭の面倒臭いところなのよね〜。もちろんあたしだってアリサの言うとおり、事情を説明したわよ。それはもう事細かくね。けれど、何故かあたしの私物だと言い張るのよ、あのちょび髭」

『……』

不満を熟々と垂れ流すサラに、普段の素行を知っている一同は、自業自得なのではなかろうかと思っていたが、それは心の中に留めておくことにした。

「つまり逃げてきたんですね?」

「まあそういうこと♪　でもフォローしに来たのも本当よ?」

サラはリィンの言葉に頷き、「さすがに元には戻せないけど」と前振りをした後、口の端を歪めて言った。

「あたしはね、どんな些細なことでも、意味のないことなんか一つもないと思ってるの。無責任な発言だと君たちは思うかもしれない。でもね、今は辛いかもしれないけど、それでもこうなったことには、きっと何かしらの〝意味〟があるはずよ。他人になれるなんて、通常では考えられない体験だしね」

『……』

聞き入る一同に、サラは「だから」と最後にこう言った。

「――きっと元に戻れるわ。もちろん確証なんてないわよ？　でもあたしはそう信じてる」

『――っ』

サラの言葉がリィンたちの胸に熱いものを込み上げさせる。

普段は頼りない残念美人の彼女ではあるが、ここぞという時は誰よりも頼りになる――それが〝サラ・バレスタイン〟という女性なのだ。

が。

「じゃ、そういうことであたしは隠しておいたお酒を回収してくるから。もうこうなった以上、本当に残念だけど、あたし一人で飲むしかないわね。ふふ～ん♪」

『……』

鼻歌交じりに教室を後にするサラを見送りながら、リィンたちは今の感動は一体なんだったのかと揃って嘆息するのであった。

そうしてその後も精力的に話し合いは続けられたが、やはり現状では闇雲に手を出すわけにはいかないという結論に達し、シャロンの報告を待ちつつ、しばらくは様子を見ようということになった。

とはいえ、四六時中監視するわけにもいかず、かと言って、一人で行動し、万が一のことがあってはいけないと、入れ替わった両者はなるべく一緒に行動するという運びになり、リィンとアリサ、ラウラとフィーが、それぞれともに行動していた。

しかも《Ⅶ組》以外の生徒に知られるわけにもいかず、目立つ行為は避けるよう細心の注意を払いながらの行動ゆえ、逆にどこか辿々しい感じだった。

「しかし何と言うか、スカートというのはどうにも落ち着かないな……」

いつもより風通しのよくなった足元に、リィンは微妙な表情を浮かべる。

「まあ仕方ないわよ。私だってズボンなんて滅多に穿かないし。でもサラ教官の言ったとおり、なんだか新鮮な感じでもあるわ」

「そうだな。早く元に戻れるに越したことはないが、これも一つの経験として、きちんと受け入れることも大切なのかもしれない」

そんなことを話しながら、リィンたちは廊下を並んで歩く。

他の《Ⅶ組》メンバーも、それぞれ元に戻れる方法を探してくれている以上、自分たちだけが寮で待っているわけにもいかない。

そう考えたリィンたちは、何か方法がないものかと思案しつつ、ふとしたことからアイディアが見つかる場合も踏まえて、学内を散策していたのだ。

もちろん人前ではお互いに口調を変え、なるべく怪しまれないよう努めていると。


「――急げ！　急ぐのだ、サリファ！」


何やら慌ただしい様子で廊下を駆けてくる貴族生徒がいた。

傍らには涼しい顔で追走するメイド服姿の女性もいる。

「あれは……確か二年のヴィンセント先輩と、メイドのサリファさんだったか」

「ええ、フェリスのお兄さんだったわね。時々ラクロスの練習を見に来ていたような気がするわ――って、ああっ⁉」

突如声を張り上げたアリサに、リィンは「どうしたんだ？」と首を傾げる。

ちなみにアリサの言う〝フェリス〟とは、彼女と同じラクロス部に所属する貴族生徒で、良きライバル関係にある少女である。

「い、いえ、ちょっと思い出したことがあって……」

しかしアリサは苦虫を噛み潰したような顔で口ごもっていた。

何か言いづらいことでもあるのだろうか。

それならば無理に聞き出すのも失礼だろう。

リィンがそう思っていると、二人の姿に気づいたヴィンセントが足を止め、芝居がかった口調で語りかけてきた。

「やあ、二人とも。本当はこの〝歓談の貴公子〟ことヴィンセント・フロラルドが、得意の話術を披露したいところではあるのだが――」

「ヴィンセントさま。〝あの方〟の気配が凄まじい速さで近づいてきておりますが？」

「ひいっ⁉　そ、それはいかん！　で、ではさらばだ！」

言って、ヴィンセントとサリファは再び廊下を駆けていった。

「……な、なんだったのかしら？」

「さあ……。だが何かに追われているような感じだったな」

「ええ、そうね。〝あの方〟とか言っていたけれど……あら？」

ヴィンセントたちが廊下の角を曲がったと同じタイミングで、今度は彼らを追うように、一人の女生徒が猪が如く姿を現した。

「あらぁん？　リィン君じゃなぁい」

「――っ⁉」

その逞しい足で速度を殺し、野太めの声音で口を開いたのは、貴族向けの制服が体型的な意味で悲鳴を上げている女生徒――マルガリータだった。

以前ヴィンセントが偽名でラブレターをもらうということがあった際、リィンは彼からの依頼でラブレターの送り主捜しを手伝った。そして、言わずもがな、このマルガリータがその送り主だったのである。

なお、その時に使われていた〝グランローゼ〟という偽名は、かつて彼女の実家であるドレスデン男爵家から、皇帝家に嫁いだ絶世の美女の名前だったという。

危うく返事をしそうになってしまったリィンだったが、すんでのところでアリサに止められ、事なきを得る。

「や、やあ、マルガリータ。そんなに急いでどうしたんだ？」

「ムフフン、決まってるじゃなぁい。愛しのヴィンセントさまに手作りのクッキーをお届けするところなのよぉん♪」

鼻息荒くそんなことを言う。

ヴィンセントが慌てていた理由はこれか……、とリィンたちは揃って納得した。

先ほどミリアムが帝都のレクターにクッキーを届けに行っていたが、やはりマルガリータも一緒にクッキーを作っていたのだろう。

たとえ相手が誰であれ、せっかくの手作りなわけだし、受け取ってもいいとは思うが……。

ちらっ、とリィンはマルガリータの手に握られた、リボン付きの小包を見やる。

ぱっと見は、とても可愛らしい包装がされた小包である。

恐らくは五個程度のクッキーが包まれているのであろう。

しかし――。

「……」

この言い知れぬ威圧感は一体なんなのか。

何故たかがクッキーにこれほどの〝圧〟を感じるのか。

心なしかあの小包の周囲だけ空間が歪んでいるようにも見える。

――危険だ。

何が危険なのかはよく分からないが、とにかくあれを食すのはあまりにも危険ということだけは分かる。

本能がそう警告しているのだ。

それはアリサも同じだったようで、彼女の顔色も青白くなっていた。

「と、とにかく廊下を走るのは危ないから……えっと……き、気をつけてくれ」

「ムフフ、ありがとぉん♪　そうよねぇ、ヴィンセントさまのものになる前に、この身を傷つけるわけにはいかないものねぇん♪」

「そ、そうだな……」

　アリサも若干引いている様子である。

「そうなのぉおおおん！　この身を傷つけていいのは、愛しのヴィンセントさまだけなのよぉおおおおん！」

　己が身体を両腕で抱き（クッキーの砕ける音がした）ながら、マルガリータは直前の忠告を忘れて再び大地を蹴った。

「ヴィンセントさまぁああああああん！　今行きますわぁああああああん！」

「「……」」

　そしてリィンたちは、その光景をただ眺めていることしか出来なかった。

　せめてヴィンセントが無事であるよう、微かな祈りを込めながら。


　リィンたちがマルガリータと遭遇していた頃、彼らと同じく、ラウラたちもまた学院内を散策していた。

　とはいえ、向こうほど切羽詰まった感じではなく、二人ともどこか余裕を持っており、フィーにいたっては、中庭のベンチで再び昼寝をしているくらいだった。

　ただ普段と違うのは、そこに幾人もの女生徒たちが集まっているということだろうか。

　皆一様に黄色い声を上げ、顔を紅潮させている者たちがほとんどだった。

　何故なら、

「……はあ。なんとお美しいお姿なのかしら……」

「ええ……。よもやあのラウラさまが、まさかこのようなところでお休みになられているなんて……」

そう、他の者たちにはラウラにしか見えないからである。

ラウラはその怜悧な容貌と、凛然とした佇まいから、男子よりもむしろ女子の支持を集めてしまっており、故郷であるレグラムや、帝都の聖アストライア女学院などには、彼女を〝お姉さま〟と慕う女子たちが多数存在している。

いつも凛々しいラウラの貴重な寝姿が拝見出来ると聞けば、学院中から女生徒たちが集まってしまうのも当然の道理であろう。

そんな最中に事件は起きる。

「――ですがまだ暖かいとはいえ、さすがに何もかけずにというのは、ラウラさまのお身体にも毒なのでは……？」

『――っ⁉』

この一言が女生徒たちの間に緊張感を走らせたのだ。

「そ、そうですわね。ではここは私がラウラさまを温めて……くっ⁉」

ぎゅっと手首を掴まれた女生徒は、掴んだ女生徒を睥睨する。

「あらあら、抜け駆けはよろしくないのではなくて……っ⁉」

掴む手と振りほどこうとする手がぎりぎりと摩擦を起こす。

彼女らだけではなく、他の女生徒たちも互いを牽制するように目配せしていた。

「でしたらこの私が……」と貴族の生徒が前に出れば、

「いえいえ、ここは私の方が……」と同じく貴族の生徒がさらに前に出て、

「いえ、私が……」と隙を突いてやはり貴族の生徒がラウラ（フィー）に手を伸ばせば、

「うふふふ……」と平民の生徒が身体を滑り込ませる。

『……』

沈黙。

『おほほほほほっ！』

身分を問わず、殺気立った笑顔を向け合う女生徒たちを尻目に、フィーは瞳を閉じながら思っていた。

……寝れない、と。

一方、当の本人であるラウラは、何やら激しい攻防を繰り広げている女生徒たちの様子を遠目に首を傾げつつ、園芸部の部長であるエーデルに視線を戻した。

エーデルはいつも麦わら帽子を被りながら花の面倒を見ている、柔らかい面持ちの女生徒で

ある。

貴族クラス用の白い制服に身を包んではいるが、服の上からでも分かるほどスタイルがよく、物腰からも母性を感じさせていた。

「これがフィーの育てた花か」

「あら？　フィーちゃん、なんだかしゃべり方が変わりましたか？」

花壇を眺めながら自然と出てしまった言葉に、ラウラはしまったと臍を噛む。

「い、いや、そ、そんなことはない。私はいつもどおりのフィー・クラウゼルだ」

「ふふ、なんだかラウラさんみたいですよ。よほど仲がよろしいんですね」

おかしそうに微笑むエーデルに、ラウラは血の気が引いた思いだった。

（な、何故バレたのだ!?　い、いや、落ち着け！　落ち着くのだ、ラウラ・S・アルゼイド！　この程度で心を乱してどうする？　落ち着いてフィーを演じきるのだ！）

小さく呼吸を整え、ラウラは普段の自分と接しているフィーの記憶を呼び起こす。

「……ぶい」

Vサインである。

（――って、何が〝ぶい〟なのだ!?　い、いや、確かによく〝ぶい〟とやってはくれるが、今この状況でやることなのだろうか……？　わ、分からぬ……）

内心頭を抱えるラウラだが、エーデルは「はい」とやはり微笑み、

「ぶいです♪」

　同じくVサインを作ってくれた。

「お、おお……っ」

　それに感動を覚えたラウラは、自分のしたことは間違っていなかったと拳を握り、その後も自分の描くフィー像に従って、なんとかフィーを演じきったのであった。


　マルガリータの登場に調子を乱されたリィンたちだったが、今は落ち着きを取り戻し、校舎を出て、学院の敷地内を旧校舎方面へと歩いていた。

「しかしなかなかいいアイディアが浮かばないものだな」

「そ、そうね……」

「皆の方はどうだろうか？　何か見つかってくれればいいんだが……」

「ど、どうかしらね……」

「……」

「……」

　学生会館の前を通過した辺りで、先ほどからどこか焦燥を隠せない様子のアリサに、リィンは足を止め、思いきって尋ねてみることにした。

「なあ、アリサ」

「な、何かしら？」

「その……何か気になることでもあるのか？」

「えっ!?　べ、別に何もないわよ？」

あからさまに動揺するアリサに、リィンも苦笑いを浮かべる。

「いや、たぶん何か事情があるとは思うんだが……。よかったら話してくれないか？　もしかしたら力になれるかもしれないし」

「……」

リィンにそう促されたアリサは、困ったように視線を泳がせた後、ついに観念したのか、自分を納得させるように小さく頷き、「あ、あのね……」と語り始めた。

「その、こんなことをしている場合じゃないのは分かっているの。でも以前から約束していたことだから……」

「つまり〝アリサ〟として、俺に何かして欲しいことがあるんだな？」

「……ええ」

申し訳なさそうに首肯するアリサに、リィンは口元を緩める。

「気にすることはないさ。確かに大変な状況ではあるけど、これも意味のあることだってサラ教官も言ってただろ？　実際俺もサラ教官の言葉を聞いて、そう思えるようになった。だからこの状況で俺に出来ることがあるなら、是非任せて欲しい」

「リィン……」

まなじりにうっすらと涙を浮かべるアリサに、リィンは力強く頷いた。

「……ありがとう。じゃあ悪いけどお願いするわ」

「ああ、任せてくれ。それで何をすればいいんだ？」

「ええ、実はさっきフェリスのお兄さんを見かけた時に思い出したのだけれど……」

「そういえば、何か驚いていた様子だったな」

「ええ。実はフェリスと日頃の成果を競うために、ラクロスの練習試合をする約束をしていたの」

「なるほど。つまりそれに出ればいいんだな？」

「そういうことになるわ。ただ私自身じゃないのが、フェリスには申し訳ない限りなのだけれど……」

しゅん、と下を向いてしまったアリサの頭を、リィンは少しだけ背伸びしながら、優しく撫でる。

「あっ……」

「仕方ないさ。だがその代わりと言ってはなんだが、俺も全力で相手をさせてもらうよ」

「リィン……。ありがとう……」

「ああ」

微笑むリィンに、アリサも笑顔を取り戻す。

「とりあえずルールについては、後で教えてもらっていいか？」

「ええ。それについては任せて頂戴」

「ああ、頼む。じゃあ早速着替えてくるから、ちょっと待っていてくれ」

「ええ、分かったわ――って、ちょっと待って⁉」

「……うん？」

寮に戻ろうとしたリィンは、どうしたのかと眉根を寄せた。

「なんだ？」

「なんだじゃないわよ⁉　あなた、まさか着替えるつもりじゃないでしょうね⁉」

「ああ、そのつもりだが……」

しれっとさも当然だと言うリィンに、アリサは驚愕の表情を浮かべた。

「ど、どどどういうつもりよ⁉」

「いや、どういうつもりも何もユニフォームに着替えるんだが……。いつもユニフォームで練習していただろ？」

「そ、そうじゃなくて！　私が言いたいのは、あなたが〝私の身体で着替えるのか〟ってことよ⁉」

「えっ……あっ！」

そこまで言ってやっと気づいたらしく、リィンは慌てて弁解した。

「ち、違うんだ。俺はただ純粋に着替えようとだな……」

「や、やっぱりあなた……」

　己が身体を抱きながらジト目を向けてくるアリサに、リィンはどう説明したらよいものかと頭を抱えつつ、同時に女の子っぽく恥じらう自分の姿が、思った以上に気持ち悪いことにもショックを受けていた。

「……分かった。じゃあ着替えに関しては、俺は目を隠しておくから、アリサがやってくれ。それなら問題ないだろ？」

「えっ……。で、でもそれって、つまり〝リィンには見られる〟ってことよね？」

「いや、まあ身体だけで言うならそうかもしれないが、でも俺の意識はこっちにあるからな」

「で、でも見られることに変わりはないでしょ!?　そ、それは駄目！　絶対駄目！」

　気持ちは分からなくないが、断固として拒否するアリサに、リィンも「参ったな……」と頭を掻いていた。

と。

「――話は聞かせてもらったぜ！」

　どこからともなく軽快な声が飛び込んできた。

「「えっ？」」

二人が振り向いてみると、そこには不敵な笑みを浮かべながら腕を組んで佇む、一人の男子生徒の姿があった。

額に巻いたバンダナと、だらしなく着崩した平民用の制服が特徴的な学院生――クロウ・アームブラスト。

帝都ヘイムダルに〝絶対に外せない競馬のレース〟を見届けるために向かったはずの、《Ⅶ組》メンバーの一人だった。

「クロウ⁉」

驚くリィンに、クロウは「よっ」と手を上げながら近づいてきた。

「帝都に行ったんじゃなかったのか？」

「もちろん行ったさ。まあ結果は聞いてくれるな……」

がっくりと消沈するクロウに、リィンたちは全てを悟る。

以前も大負けしていたのだが、どうやら今回も同様の結果に見舞われたようだった。

「しっかし本当に入れ替わっちまったんだな。トワから話は聞いていたが、こうして実際に会ってみると、嫌でも信じざるを得ないぜ」

観察するように二人を見比べ、クロウはやれやれと嘆息する。

「まあそいつはいいか。とにかく今はアリサの試合についてだろ？」

「え、ええ、そうなの。その、着替えをどうするかで悩んでいて……」

「ああ、知ってる。あれだけ大声で叫んでりゃな」

「～～っ⁉」

言われてアリサの顔がみるみる赤くなっていく。

してやったりといった表情のクロウは、リィンたちに「だから言っただろ？　〝話は聞かせてもらった〟ってな」と得意げに告げた。

「クロウ、もしかして何か解決策があるのか？」

「もちろんだぜ。俺さまを誰だと思ってやがる？」

ぐっと自分を指差すクロウに、一応先輩であることを忘れていたリィンたちは、改めてそれを思い出す。

先ほどトワも言っていたが、なんだかんだ言いつつも、クロウは面倒見の良い性格であり、ここぞという時には頼りになる、兄貴分的な存在なのだ。

そんなクロウには、リィンたちも幾度となく助けられているので、どんな解決策が出てくるかと、固唾を飲んで見守っていると、クロウは腰に手をあて、声高らかに言い放った。

「リィンが一人でやるのは駄目、アリサが手伝うのも駄目となりゃ方法はもうこれしかねえだろ？

――そう、この俺が着替えさせればいいってワケだっ！」

「『……』」

重い沈黙とともに冷たい風が吹き抜ける。

自信満々に言い切ったクロウが再びリィンたちに視線を戻すと、

「――」

「うおっ⁉」

眼光だけで魔獣を射殺せるのではというアリサの威圧感に、堪らずクロウは身を竦ませた。

「リィン、行きましょう」

「あ、ああ……」

笑顔だが目の笑っていないアリサにそう促されたリィンは、ただ頷くことしか出来なかった。

「じゃ、じゃあクロウ……また後で」

「お、おう……」

そしてクロウも、寮へと向かう二人の背姿を見送ることしか出来ず、徐々に小さくなっていく背に向けて、こう独りごちるのだった。

「はは、ちょっと冗談が過ぎちまったかな……。まあ後はリィンのやつに任せるとするか……」

クロウと別れたリィンたちは、寮への道を急いでいた。

「まったく、クロウったら……ぶつぶつ……」

当然、アリサの口からは止めどなく悪態が流れ続けていた。

「まあクロウもそんなに悪気があったわけじゃ……」とクロウを擁護するリィンだったが——

じろりっ。

「い、いや、なんでもない……」

アリサに半眼を向けられ、大人しく口をつぐんだ。

寮の扉を開けたアリサは、シャロンが戻ってきていることを期待していたのだが、寮内に彼女の姿はなく、仕方ないとそのまま自身の部屋へ向かう。

壁に掛けておいたラクロスのユニフォームをベッドの上に置き、アリサはリィンの顔に布で目隠しをした。

「こうなったらもう仕方がないわ。試合まで時間もないし、お互いに目隠しをした状態で着替えましょう」

「あ、ああ。アリサがそれでいいなら俺は構わないが」

「ええ。じゃあ私も目隠しするから、あなたは私の指示どおりにして頂戴」

「分かった」

アリサが目隠しする音を耳朶で受けつつ、リィンは立ったままで、アリサの指示を待っていた。

「それじゃまずは上からね。私が上を脱がせるから、リィンは流れに身を任せて」

「ああ」

「えっと、まずはボタンを外して……」

　――ふにゅ。

「あら？　これは何かしら？」

　むにゅむにゅ。

「えっと……アリサ？」

「何？　今忙しいのだけれど？」

「いや、非常に言いにくいんだが……そこは〝胸〟だ」

「えっ？　え、ええっ⁉　な、なんてものを触らせてくれたのよ⁉」

「い、いや、俺はただアリサの指示どおりにしていただけなんだが……」

「と、とにかく！　そういうことはもっと早く言って頂戴！」

「あ、ああ……」

　語気強めに念押しされ、リィンもしぶしぶ頷く。

　それからなんとかボタンを外すことに成功したアリサは、リィンの協力を得て上着を脱ぐことにも成功する。

　次いで肌着を脱ぐことになったのだが、これは上から被るものゆえ、アリサが持ち上げ、リィンが両腕を上げる――いわゆる〝万歳ポーズ〟になる必要があった。

「よし、いいぞ」

「分かったわ」

リィンが両腕を上げたことを伝えると、アリサは肌着の下からゆっくりとそれを持ち上げ始める。

「お、いい調子だ」

「そ、そう？　じゃあこのまま上まで引っ張ってっと」

――ふぁさっ。

「よし、脱げた――って、うん？」

心なしか顔が涼しくなった感触を覚えたリィンは、自らの顔に手を当てる。

「どうしたの？」

「あ、いや……」

きめ細かな肌の質感が指全体に広がり、しかし何かが足りないことに気づく。

恐る恐る瞳を開けると、そこには目隠ししたままこちらを見ている自分の姿があった。

「あっ……」

そう、自分の姿が〝見えている〟のである。

恐らくは先ほど肌着を脱いだ時、目隠しも一緒に取れてしまったのだろう。

慌てて目隠しを探そうとするリィンだったが、下を向いた際、視界の中に入ってくる二つの丘に気づいてしまった。

その白桃のような丘は、肌着とはまた違った色彩の桃色に包まれ、存在感をこれでもかとアピールしていた。

「あ、こ、これはその……」

誰に言うわけでもなく、自然と弁明の言葉が出てしまったリィンに、いよいよ何かがおかしいと感じたアリサは、「ま、まさか!?」と目隠しを剥ぎ取った。

「～～っ!?」

「ち、ちち違うんだ!?　こ、これは誤解なんだ!?　さっき肌着を脱いだ時に――」

そこまで説明した時、室内には清々しいほど乾いた音がスパンッと鳴り響いた。

余談だが、後日この時の話を《Ⅶ組》の女子たちにした際、「それならば、私やフィー、エマ、もしくはトワ会長に声をかければよかったのではないか？」とラウラに言われ、アリサは真の意味で真っ白に燃え尽きたとかなんとか。

三章――□リィンVS.フェリス

多少のアクシデントがありつつも、なんとか着替えを済ませたリィン（外見はアリサ）とアリサ（外見はリィン）は、先端に網の付いた〝クロス〟と呼ばれるスティックを手に、フェリスの待つグラウンドへと赴く。

アリサが熱をいれる〝ラクロス〟とは、クロスを用い、直径六リジュ、重さ一五〇リムほどのゴム製ボールを奪い合って、相手のゴールにこれをシュートする競技である。

ゴールの大きさは、おおよそ一八〇リジュ四方の正方形であり、ゴール裏もエリアとして使用出来るのが特徴だ。

ポジションは、アタック、ディフェンス、ミディーなどがあり、ゴールを守る選手はゴーリーと呼ばれている。

また男女でルールや服装（防具）がかなり違うため、ほとんど別の競技であると言っても過言ではないだろう。

細かなルールについては割愛するが、基本的に身体への接触はファウルであり、相手のクロスに自分のクロスを当てたりして、パスやシュートを阻止する。

道すがら、「意外と覚えることが多いんだな……」と頭を悩ませるリィンだったが、「難しく考えずに、とにかくボールをゴールに入れればいいわ」とアリサに言われ、少しだけ気が楽になっていた。

グラウンドにはすでに対戦相手であるフェリスの他、上級生で同じラクロス部の副部長を務めるテレジアと、同じく上級生で部長を務めるエミリーの姿があった。

なお、ヴィンセントの妹であるフェリスは言わずもがな、テレジアは貴族で、エミリーは平民の生徒である。

身分の違いや性格の不一致などもあり、一年の頃はあまり仲がよくなかった二人であるが、今は〝親友〟と言ってもいいほどの友情で結ばれている。

お淑やかで利発なテレジアが〝静〟、熱いハートで運動神経抜群のエミリーが〝動〟と言えば分かりやすいだろう。

「お、来たわね」

そう快活に笑うのはエミリーだ。

「遅くなってすみません」

「いえ、私たちも今来たところだから大丈夫よ」

テレジアの気遣いに内心感謝しつつ、リィンは不遜な表情で佇むフェリスへと視線を向ける。

フェリス・フロラルドは、先ほどマルガリータに追いかけられていた、ヴィンセント・フロラルドの妹であり、頭頂部で結ばれた真紅のリボンがトレードマークの少女だ。

「待っていましたわ、アリサ。わたくし、今日こそは絶対に負けませんわ！」

ずびっ、と指を差し、闘志を剥き出しにするフェリス。

フェリスに挑まれ、アリサはこのように度々彼女と実力を競い合っているのだが、今のところはいつも僅差でアリサの方が勝利を収めている。

一度や二度ならまだしも、さすがに何度も敗れていれば、諦めたくもなるであろう。

それでもフェリスが心折れずに頑張り続けられるのは、やはり〝アリサ〟という好敵手に出会えたからに他ならない。

もちろん出会った当初からこのような間柄になれたわけではないし、お互いが歩み寄る過程で、リィンが手を貸したこともあった。

テレジアとエミリー同様、様々な軋轢を経たことで、今こうして二人は、互いを高め合える良きライバルとなることが出来たのだ。

が。


「――ええ、もちろんよ。私も負けるつもりはないわ」


「「「……えっ？」」」

場を静寂が包む。

フェリスの勢いに釣られ、アリサ（見た目はリィン）が返答してしまったからだ。

（お、おい、アリサ⁉）

「あっ……」

リィンに小声で突っ込まれ、アリサは事態を把握する。

しかし時すでに遅し。

フェリスは胡乱な瞳をアリサにぶつけてきた。

「……どうしてあなたがやる気を出しているんですの？」

「い、いや、なんかこう鬼気迫る雰囲気だったから……」

「では先ほどのおかしな口調は？」

「え、えっと……それはその……アリサの気持ちになったと言うか……」

「そ、そうそう！　フェリスの〝絶対に負けない〟っていう強い気持ちに圧倒されて、俺……じゃなく、リィンも思わず私の気持ちになったんだ！　いえ、なってしまったのよ！」

「？？？」

眉根を寄せ、怪訝な表情を浮かべるフェリスだったが、ふいに「……まあいいですわ」と話を流してくれたため、なんとか事無きを得ることが出来た。

（あ、危なかったわ……）

（ああ……。お互い気を抜くと地が出る可能性があるから、注意しないとな……）

（ええ……）

〝応援〟という形で、エリア外から見守ることにしたアリサの前で、ついに試合が開始されようとしていた。

さすがに個人で出来るスポーツではないため、二対二のチーム戦で、オフェンス側はボールを取られたら負け、ディフェンス側はシュートを決められたら負けという限定ルールだ。

一点ずつの交代制で、五戦して三勝した方が勝ちである。

協議の結果、アリサことリィンのチームメイトはテレジアで、フェリスの方はエミリーという形になった。

戦力バランス的なこともあるが、奇しくも似たような性格同士でチームを組むことになってしまったのは、果たして偶然か。

ともあれ、先攻はフェリスだ。

「では行きますわよ！」

エミリーと目配せし、ボールを網――ポケットに入れて駆ける。

リィンもこれを止めるため、フェリスの前に立ちはだかった。

（確か身体の接触は厳禁、クロスで妨害するのはありだったな）

ならば、とリィンはクロスを上段に構え、フェリスのクロスを狙う。

が。

「甘いですわ！」

「なっ⁉」

フェリスは器用に右へ左へクロスを振り、リィンの攻めをすり抜けるように回避した。

遠心力を利用してボールをキープする、〝クレードル〟と呼ばれる技術だ。

相手に妨害させないようにするためでもあるが、クレードルの目的はもう一つある。

「先輩！」

「ナイスパス！」

そう、パスモーションへの繋ぎだ。

「しまった⁉」

リィンがそれに気づいた時、ボールはすでにエミリーの手へと渡っていた。

「おっと」

「行かせないわよ、エミリー」

だがリィンも一人ではない。

チームメイトのテレジアがエミリーと対峙し、これを止めにかかる。

「くっ……」

リィンがボールを取り戻そうと走る中、フェイントを加えながら、テレジアを抜こうとするエミリー。

しかしそこはエミリーの親友たるテレジア——エミリーの癖を知っていると見え、これに対処し続けていた。

「なかなかやるわね」

「当然よ。伊達に一緒に居るわけではないわ」

「そうね——でもっ！」

「——っ⁉」

どこか嬉しそうに笑い、エミリーが一瞬の隙を突いてボールをパス。

狙いはテレジアの斜め後ろに回り込んでいたフェリスだ。

「ああっ⁉」とリィン。

本来はそれをさせないため、リィンがフェリスをマークするのだが、ラクロス初心者の彼はボールを追いかけることにばかり意識が向き、これを怠ってしまったのだ。

「頂きですわ！」

パスを受け取ったフェリスがシュートし、誰も守っていないゴールのネットを揺らす。

「やりましたわ！」

「ナイスよ、フェリス！」

フェリスとエミリーがハイタッチし、彼女らのチームに一点が加算される。

いくら初心者とはいえ、リィンも武に勤しむ者だ。

そのリィンをああも簡単に躱したのは、やはりこれが〝武術〟ではなく、〝スポーツ（運動競技）〟であるということが大きいのだろう。

剣術ならば、相手を倒すことが目的である以上、攻守ともに鍔迫り合うことがあるが、ラクロスは先ほどのクレードルのように、クロス同士がぶつからない――つまりは〝鍔迫り合わない〟ようにするのが基本だ。

である以上、差が現れるのは当然――リィンの方が圧倒的に不利なのは明白だった。

されど、不利なのは最初から分かっていたこと。

リィン自身、それに泣き言を言うつもりもないし、任された以上、全力で取り組む所存であった。

（……）

点を取られはしたが、今ので大体の感覚は掴めた。

次は先ほどよりも食らいつけるはずだ。

決意新たに、リィンたちの攻撃が始まる。

「どうしたんですの？　いつもよりキレが悪いですわよ？」

余裕を見せながら言うフェリスに、リィンも負けじと言い返す。

「フェリスの上達ぶりに少し驚いただけよ。でもここからが本番！」

そう言って、リィンはフェリスを抜こうとする。

が、フェリスも簡単に通してはくれない。

リィン本来の身体ならば、この程度のブロックなど造作もないのだが、それもアリサのか細い身体となると話は別だ。

一応アリサ自身も鍛えてはいるのだが、それでもかなり厳しいと言っていい。

となれば、隙を見てテレジアにパスを送るしかないだろう。

リィンは見様見真似でクロスを左右に振り、クレードルを行う。

実際にやってみて気づいたのだが、重要なのはトップ――シャフトの上の方よりも、むしろボトム側の気がする。

下の方に意識を向けた方が、自然に動かすことが出来たからだ。

「そこですわ！」

「うっ⁉」

しかし所詮は付け焼き刃――途中でフェリスに遮られ、ボールが地面に落ちてしまう。

すかさずフェリスが落ちたボールをすくい上げ――ゲームセット。

フェリスたちのチームが二点目を上げた。

「くっ……」

（リィン……）

悔しそうに歯を噛み締めるリィンの様子を、アリサは祈る気持ちで見つめていた。

あと一点取られれば、そこで試合終了だ。

信じて任せてくれたアリサのためにも、さすがに何も出来ないまま終わるわけにはいかない。

「大丈夫？」

「ええ、すみません。次は必ず防いでみせます！」

「分かったわ。一緒に頑張りましょう」

力強く頷き、リィンとテレジアはディフェンスに回る。

リィンの並々ならぬ気迫を感じ取ったのだろう。

二点リードと優位でありながら、フェリスたちもことさら真剣な表情になっていた。

「行きますわよ、アリサ！」

「――っ！」

ボールをポケットに入れ、フェリスが駆け出す。

リィンも彼女の一挙一動に目を凝らし、何が来ても対応出来るよう精神を集中させる。

挑発するようにクロスを突き出せば、フェリスは右へ左へ巧みに躱し、リィンの隙を窺っていた。

だが今回のリィンは一味違う。

〝負けられない〟という強い気持ちが、リィンの技量を格段に向上させていたのだ。

「さすがはアリサ、全然隙が見当たりませんわ」

「当然よ。こっちはもう一点たりとも落とせないのだから」

「そうですわね。――けれどっ！」

「――っ!?」

膠着をよしとせず、一か八かでフェリスはパスを送る。

隙を突いた形ではなかったが、それでもボールはリィンの右脇腹横をすり抜けていく。

弾道の先では、テレジアを躱したエミリーが待っていた。

が。

「させるかっ！」

吼え、リィンは咄嗟に左回りで身体を捻り、上半身のバネと跳躍、そして刺突が如く繰り出したクロスを以て、フェリスの放ったボールを追った。

「——うぐっ⁉」

ずざざ、と砂煙を巻き上げながら、リィンは頭から飛び込むように地面へと倒れ込む。

「アリサ⁉」

フェリスたちが心配そうに駆け寄る中、リィンはゆっくりと上体を起こし、手にしていたクロスの先を見せつけるように差し出した。

「……これで一点、よね？」

そう、リィンの反応速度が見事にボールを捉えていたのだ。

「まったく、あなたという人は……」

口元を緩ませながら、フェリスはリィンに手を貸す。

「ありがとう、フェリス」

フェリスの手を握り、立ち上がったリィンは、ぽんぽんっと服に付いた砂を払う。

上手く滑り込んだと見え、砂汚れの他に外傷はないようだった。

「今のディフェンスは凄かったわ。練習の成果が出ているようね」

「ありがとうございます、先輩」

称賛してくれたエミリーに頭を下げ、リィンは再びフェリスと向き合った。

「次は私の攻撃ね」

「ええ。でも絶対に通しませんわ」

「それは私も同じよ」

互いに睨み合い、スタート地点に立つ両者と、それを微笑ましそうに眺めながら、同じくポジションにつくエミリーとテレジア。

「――行くわよ！」

リィンが地を蹴れば、すかさずフェリスが立ちはだかった。

「今日こそはあなたに勝ちますわ！　この日のために、わたくしは血の滲むような猛特訓をしてきたのですから！」

「……っ」

ずきっ、とリィンの心が痛んだ。

本当ならば、その思いをアリサ本人にぶつけて欲しかったからだ。

当のアリサもリィンと同じ気持ちなのだろう。

どこか悲痛そうな面持ちで、試合の行く末を見守っていた。

だがフェリスの思いは、決して無駄にはしない。

中身はリィンであるが、それでも全身全霊を以て相手を務めさせてもらうつもりだ。

リィンの全力。

それが発揮されるのは、やはり八葉一刀流を使用した際のことだろう。

ならばリィンが取るべき選択は一つだ。

アリサの身体である上、太刀を所持しているわけでもない。

かと言って、〝無手〟を主とする八の型を使うわけにもいかない。

武器はこのクロスなのだ。

ルールに則り、クロスを用いてゴールにボールを叩き込む――それ以外の行動は出来ない。

パスを出すには、フェリスのディフェンスを抜かなければならないが、現段階でそれはかなり難しい。

テレジアの実力を疑っているわけではないが、絶対に点を取らなければならない状況である以上、確実性の高い戦力で行かなければならないだろう。

となれば――〝これ〟しかない！

（八葉一刀流――……）

「……アリサ？」

重心を深く落とし、ボールをポケットに乗せたまま、クロスを右手のみで持ち、左手は触れるか触れないかのラインを保つ。

身体の右半身をフェリスに向けるように体勢を整え、リィンはキッとフェリスを――いや、その先のゴールを睥睨した。

「え、ちょ、ちょっと!?」

リィンの思惑に気づいたのだろう。

アリサの戸惑う声が聞こえた。

が、リィンの目はすでにゴールを捉えており――止まるはずもなかった。

「――てやっ！」

かっと目を見開き、リィンの抜刀――もとい〝抜棒〟が炸裂する。

所詮は真似事であるが、クロスはアリサに合わせて用意されたものであり、今のリィンが扱う最適の装備でもあった。

ゆえに、真似事の領域を出ない抜刀術でありながらも、体捌きによって速度は向上し、一瞬の間にフェリスの横を通過したボールは、エミリーとテレジアさえをも置き去りにし、大気を貫きながら一直線にゴールを穿った。

「「「……はっ？」」」

文字通り唖然とする三人。

エリア外で「やっちゃった……」と頭を抱えるアリサのことなどつゆ知らず、リィンは「よし！」とやり遂げた男の顔をしていた。

「な、ななななんですの⁉　今のは一体なんなんですの⁉」

が、当然、フェリスからすれば納得がいくはずもない。

今にも掴みかかってきそうな勢いで、リィンに詰め寄ってきた。

「これで二点目だな」

しかしリィンは爽やかにそう告げる。

「いえ、二点目とかそういう問題ではなくて！」

「うん？　何かおかしかったか？」

不思議そうに小首を傾げるリィン。

リィンからすれば、ただ持てうる限りの力を出し切り、シュートを決めただけである。

ルールを破ったわけでもないし、別段何かを言われるような覚えはまったくなかったのだ。

「誤魔化さないでください！　今のでたらめなシュートがおかしくないわけないですわ！」

「ああ、あれは体捌きでクロスを加速させて、一気に振り抜いただけだよ」

「そ、そんなのまるで〝剣術〟みたいじゃないですの⁉」

「いや、一応剣術なんだが……」

「えっ？」

「えっ？」

と。

「――ち、違うんだ！　今のは違うんだよ、フェリス！」

「えっ……？」

リィンたちの間に漂う不穏な空気をかき消すかのように、アリサが矢の如く飛び込んでくる。

途中、アリサにぎろりと睨まれ、「うっ⁉」とリィンは気圧された。

「聞いてくれ、フェリス。今のはなんでもないんだ。剣術を修めている俺からすれば、今のはただの真似事というか、ただ力任せに振り抜いただけというか……。とにかく偶然の産物なんだ。気にすることは何もない」

アリサの話を聞いているうちに、リィンも地が出ていたことに気づいたと思われ、「しまった……」と表情を曇らせていた。

「いえ、気にするなと言われましても……って、どうしてあなたが弁解しているんですの？」

「あ、いや……。ほ、ほら、やっぱり第三者の視点というか、客観的な意見というのは大事だと思うからな。フェリスも納得出来ていないみたいだったし、どういう状況だったのかをきちんと説明した方がいいと思ってさ」

「まあそれはありがたいですけれど……」

「そ、そうだろう？　で、今のを結論付けると、アリサが状況を打開しようと、一か八か力任せに振ったものが、偶然ゴールに決まった——ただそれだけのことだから、何もおかしいことはない。じゃあ残り一セットも頑張ってくれ。はい、始め！」

ぱんっ、と無理矢理会話を終了させ、硬い笑顔で両手を叩くアリサに、「なんか怪しいですわ……」と心底胡散臭そうな視線を向けつつも、フェリスはオフェンスのポジションに向かう。

それを確認したアリサは、ほっと胸を撫で下ろし、再びエリア外へと移動する。

中程で申し訳なさそうな表情のリィンと目が合い、アリサは「とにかく頑張って」という意味合いを込め、頷いた。

「——よしっ」

アリサの思いを無駄にしないため、リィンは気合いを入れ直す。

少々危ない場面もあったが、二点目が入ったのは事実。

次を守りきれば、リィンたちの勝利である。

なんとしてでもボールを奪わなければ。

そうリィンが勢い込んでいた時だ。

「……おや？」

ぽつらぽつらと水滴が宙空より滴り、リィンは空を見上げた。

先ほどまでは澄み渡るような青空だったのだが、いつの間にやらその青は失われており、今は灰色の雲が一面を覆っていた。

試合も残り一セットである。

小雨ならば続行しようと考えていたエミリーだったが、雨足は次第に強さを増し始め、ごろごろと雷のような音も響き始める。

「こりゃ今日はここまでかしらね」

「そうみたいね。残念だけど、これ以上は危険だし、試合はまた後日やり直すということで、今日はここまでにしましょう」

部長と副部長がそう言うのならば仕方がない。

フェリスも「仕方ありませんわ」としぶしぶ後片付けを始めた。

アリサも後片付けを手伝い、皆が更衣室のあるギムナジウムへと辿り着いた頃には、外は土砂降りで、一同も皆ずぶ濡れだった。

「まったく災難だったわ……」とエミリー。

「そうね。ここまで激しくなるとは、正直思わなかったわ。あなたたちも早くシャワーを浴びた方がいいわよ。そのままだと身体にも毒だしね」

「ええ、分かりましたわ」「はい、分かりました」

て言う。

更衣室内のシャワー室に向かうエミリーとテレジアを見送った後、フェリスはこちらを向い

「残念ですが、今回は引き分けのようですわね」

「ええ、そうみたいね。でもいい勝負だったわ」

「ふふ、わたくしもそう思います。でも次は絶対に負けませんわ」

「ええ、私も同じ気持ちよ。また正々堂々戦いましょう、フェリス」

「当然ですわ。だってわたくしとあなたはライバルであり、その……お友達、なのですから
……」


恥ずかしそうにぷいっとそっぽを向くフェリスに、リィンは「ええ」と大きく頷いた。

リィンの後ろにいたアリサも、微笑みながら彼らのやり取りを眺めている。

「で、ではそろそろシャワーに行きましょうか。このままですと風邪を引いてしまいますわ」

「そうね。行きましょう、フェリス」

「ええ」


頷き、歩き始めたフェリスに続き、リィンもアリサに「じゃあまた後で」と残して歩を進める。


アリサも「ああ、分かった」と男子更衣室に向かおうとするが、

「――って、そうじゃないでしょ⁉」

「ぐえっ⁉」

どたばたと大股で駆けてきたアリサに首根っこを掴まれ、リィン（見た目はアリサ）の喉から、女子にあるまじき声が出てしまった。

「あら？　どうしたんですの？」

「あ、いや、ちょっとアリサに伝え忘れたことがあってな。少し時間がかかるかもしれないから、悪いが先に行っててくれるか？」

「まあそういうことでしたら……」

更衣室内に消えていくフェリスを笑顔で見送り、周囲に人の気配がないことを確認したアリサは、もの凄い剣幕で捲し立てた。

「で、あなたは何を普通に女子更衣室へ向かおうとしているのよ⁉　着替えの時といい、わざとやってるの⁉」

「い、いや、それは誤解だ。俺は別にやましい気持ちなんて一切ないし、今のはたまたま流れでそうなってしまっただけで……」

「……本当に？　実は私の身体になれてラッキーとか思ってるんじゃないでしょうね？」

自身の身体を抱き、アリサは半眼をぶつけてくる。

リィンは「参ったな……」と頭を掻きながら、真摯に弁解した。

「確かに俺も年頃の男だし、アリサが疑いたくなる気持ちも分かる。だが俺は故意にアリサを傷つけるようなことは絶対にしない。それは信じてくれ」

「――」

リィンに真顔でそう言われたアリサは、一瞬呆けた表情を見せたものの、〝アリサを傷つけるようなことは絶対にしない〟というリィンの言葉と表情を思い出し、ぽっと頬を桜色に染めた。

「そ、そう……。それはその……ありがとう……」

俯き、身体をもじもじとさせるアリサに、リィンは力強い口調で「ああ」と頷く。

すると、アリサはリィンに背を向け、胸元に手をあてながら、静かに二、三度深呼吸した。

「？」

リィンが小首を傾げる中、再度こちらを振り向いたアリサの顔色からは、幾分か赤みが薄らいでいた。

どうやら落ち着きを取り戻したようだ。

「それからその……私も言いすぎたわ。ごめんなさい、疑おうと思ったわけではないの……」

「いや、謝らないでくれ。誤解させてしまったのは俺の責任だ。だから……くしゅんっ」

「……あら？」

言葉の途中でくしゃみが出てしまい、リィンは鼻を啜りながら苦笑した。

「すまない、どうやら早いところシャワーを浴びた方がよさそうだ」

どこか間の抜けたリィンの姿に、アリサの表情も和らぐ。

「ふふ、そうみたいね。ならとりあえず寮に戻りましょう。さすがにそろそろシャロンも戻ってきていると思うし」

「そうだな。じゃあ行こう」

「ええ」


一縷の希望を胸に、寮へと戻った二人だったが、

「シャロン……。あなたは一体どこへ行ったのよ……」

寮内にシャロンの姿はなく、アリサは床に手をつき、絶望に打ちひしがれていた。

「……まあそのなんだ、あまり気を落とさないでくれ」

リィンが慰めようとするが、アリサはちらりと泣きそうな顔で振り向いたかと思えば、

「はあ……」

これみよがしに大きく嘆息した。

アリサも年頃ゆえ、清潔感には人一倍気を使っている。

汗も掻いてしまった以上、タオルで拭くだけでは我慢がならない。

そもそも雨のせいでユニフォームどころか、下着の中まで濡れているのだ。

どのみち一式を取り替えなければならないし、それならばやはりシャワーを浴びたい。

かと言って、このままシャロンを待っていても、いつ帰ってくるか知れたものではない。

その間にお互い風邪を引いてしまうだろう。

頼みのシャロンがいない以上、着替え同様、目隠しでシャワーを浴びなければならないのか。

いや、着替えはまだ下着があったが、シャワーとなると、お互い生まれたままの姿を晒すことになる。

「ふあぁ～……あぁ～……」

声にならない声を出すアリサに、リィンもどうしてよいものかと頭を掻いていた。


――ばたんっ！


「「――っ⁉」」

突如けたたましく寮の扉が開かれ、リィンたちは何ごとかと振り返る。

そこに立っていたのは、ボーイッシュに揃えられたショートカットの、ライダースーツに身を包んだ一人の女生徒だった。

彼女は水に濡れた前髪をさっと掻き上げ、低めの声音で「話は聞かせてもらったよ」と不敵に言った。

「アンゼリカ先輩⁉」「アンゼリカさん⁉」

リィンたちが揃って声を上げる。

そう、リィンたちの前で腕を組み、佇んでいたのは、トワやクロウの同期であり、北部ノルティア州を治める四大名門の一角、ログナー侯爵家の息女――アンゼリカ・ログナーだったのだ。

アンゼリカ・ログナー。

常にライダースーツを身に付け、導力バイクを駆る自由奔放な麗人であり、東方の武術――《泰斗流》を我流にアレンジした武術の使い手でもある。

男嫌いというわけではないのだが、可愛い女の子が大好きで、学院内や地元にハーレムを多数形成しており、彼女のおかげで、多くの男子たちが寂しい思いをしているとかなんとか。

ちなみにルーレ出身ゆえ、アリサとは以前から交友があり、女の子の口説き方は、彼女の祖父である、グエン・ラインフォルトに習ったという話だ。

リィンたちがアンゼリカの登場シーンに既視感を覚える中、彼女はゆっくりと近づいてくる。

「うーん、雨に濡れたアリサ君も可愛いね。でもそのままじゃ寒いだろう？　私が温めてあげよう」

「ちょ、ちょっとアンゼリカさん⁉」

腕を広げてリィンを抱き締めようとするアンゼリカを、アリサが必死に止める。

「む、そういえば、こちらはリィン君だったね。まあ見た目はアリサ君だし、気にすることはないよ」

「私が気にするんです！」

ムキになるアリサに、さすがのアンゼリカも「はは、すまない」と冗談だったことを告げる。

「だが助っ人に来たというのは本当さ。女の私になら、アリサ君も安心して身を任せられるだろう？」

「え、えっと……」

素直に頷けない辺りが、〝アンゼリカ〟という女性を物語っていたりもするのだが、当の本人はどこ吹く風だった。

「フッ、恥ずかしがり屋な子猫ちゃんだ」

無駄に爽やかな笑みのアンゼリカに、リィンたちもどう反応していいか迷う。

好意で提案してくれているのかもしれないが、クロウ同様、下心があるようにも思えるのだ。

だがその間にも、濡れた衣服が身体の熱を奪っていく。

決断は早めに下さなければならないだろう。

アンゼリカはリィンたちの事情を知っている上、今は割と切羽詰まった状況である。

ならば彼女も空気を読み、本当に助っ人に来てくれたのかもしれない。

日頃の行いを知るアリサからすれば、いまいち信用出来ないところではあったが、それでも女の子に対しては、真剣に思いをぶつけるアンゼリカだ。

「……」

こくり、と一人頷き、アリサは覚悟を決める。

が。

「何、心配することはないさ。今はリィン君なんだ。少しくらい私が見たり触ったりしたところで、アリサ君には痛くも痒くも……って、おや？　どうして私の背中を押すんだい？　ふふ、もしかして妬いているのかな？　大丈夫。私が真に愛しているのは、もちろん本来のアリサ君自身であって――」

――ぱたんっ。

アンゼリカを外に放り出し、そのまま扉を閉めたアリサは、何ごともなかったかのような笑顔で、「じゃあシャワーを浴びましょうか」と歩き始めた。

「あ、ああ……」

だがリィンは気づいていた。

アリサの笑顔は、笑顔なのに笑顔ではなかったということを。

今は何も言わない方がいい――そう直感したリィンは、「まったく、クロウもアンゼリカさんも……」と恨み節を呟くアリサを静かに見送り、その背中が階段の奥に消えたことを確認した後、扉を少しだけ開け、未だに佇んでいたアンゼリカに頭を下げた。

「あの、なんかすみません……」

「いや、構わないよ。というより、今のは私のせいだからね。君が謝る必要はないさ。しかしあの怒りようを見る限り、本当に入れ替わってしまったみたいだね」

「ええ、面目ないのですが……」

「ふむ。ところで、他人の身体というのは、一体どんな感じなんだい？」

　問われ、リィンはしばし考えてから答える。

「なんというか、新鮮な感じです」

「と言うと？」

「ええ。俺の知らないアリサの世界と言えばいいのでしょうか。とにかくリィン・シュバルツァーとして接しているだけでは、一生知ることの出来なかったであろう、新鮮な刺激を受けています。もちろんアリサだけではなく、俺自身の一挙一動とかも含めて」

「なるほどね。ならばまんざら悪い経験だけというわけではないようだ」

「そうですね。サラ教官も言っていたのですが、こうやって入れ替わったことには、なんらかの意味が必ずあるから、その経験を大事にしろと」

「そうだね。私もそう思うよ」

　そう微笑んだ後、アンゼリカは「ところで」と続けた。

「せっかく女の子になったんだ。女の子にしか経験出来ないようなことを、この私がじっくりと教えて――」

——ぱたんっ。

アリサ同様、リィンも扉を閉め、話題を強制終了させる。

〝女の子にしか経験出来ないようなこと〟に興味がないと言えば嘘になるが、それはアリサへの裏切りに他ならない。

もちろん冗談であろうが、身体を預かる以上、冗談でも乗るわけにはいかない。

扉を閉められてしまったアンゼリカは、「やれやれ、一日に二度も同じ女の子に振られてしまうとはね」と残念そうに言い残した後、導力バイクに跨り、何処かへと去っていった。

「アンゼリカ先輩も相変わらずだな……」

苦笑しつつ、リィンも着替えを取りに行こうとすると、入れ替わるようにアリサが自身の着替えを持ち、階段を下りてきた。

「あら？　待たせちゃったかしら？」

「いや、すまない。実はアンゼリカ先輩を見送っていたんだ」

「……そう。まあアンゼリカさんも気を使ってくれたのだとは思うのだけれど……」

気まずそうに視線を逸らすアリサに、リィンも「ああ、そうだな」と頷く。

「だから別段気にしていた様子もなかったし、アリサもあまり気にしない方がいいと思うぞ」

「ありがとう。そう言ってくれると助かるわ。でも一応アンゼリカさんには、今度会った時に一言謝っておかないと」

「分かった。アリサがそうしたいのなら、俺は構わないと思う」

「ええ」

話が一段落したところで、リィンも着替えを取りに行き、二人は浴室へと向かう。

こうなった以上、もう覚悟を決めるしかない。

まずはリィンの頭をタオルで巻いた後、がっしりと目隠しをして、二人はまず先ほどと同じように、衣服を脱がせ合うことにした。

もっとも、リィンはアリサ自身が好きに脱がせて構わないと言ったので、実質リィンことアリサの身体の着替えのみを、二人で行うことになったのだが。

「うーん、へばり付いてなかなか脱げないわね……」

「そうだな。俺がもう少し身体を捻れば……」

「あ、いい感じよ。そのまま腕を通して……っと」

上着を脱がすことに成功したアリサは、次いでスカートのファスナーを下ろし、インナーに手をかける。

が、これがぴったりと貼り付いていたため、脱がそうとすると、下着まで下がってしまった。

「うーん、どうしましょう……」

「そうだな、なら俺が下着を押さえて」

「そ、それはダメッ！」

唐突に声を張り上げられ、リィンは身体をびくつかせながら、「わ、分かった……」と了承した。

こういう男女の気遣う細かな箇所も、入れ替わってみなければ分からなかったことだ。

これも経験だと理解し、リィンはアリサの言うことに従う。

すると。

「……仕方ないわ。こうなったらもうこのまま同時に脱がせましょう。その前に上を外しておけば、リィンの方は終わりだもの。後は私が脱いで、さっさと洗って出ればいいだけ。そう、それだけのことよ」

自分を納得させるように言い、アリサはブラのホックに手をかける。

「おっ？」

胸元の息苦しさがなくなり、リィンの腕をするりとブラが抜けていく。

一度決めてしまえば早いもので、下も同様にさっと脱がされた。

「これでＯＫね。脱いだ衣服はまとめて隅に置いておくとして、後は私も脱ぐから、リィンは先に浴室に入っていて」

「ああ、分かった。えっと、確かここに扉が……」

両手を前に出しながら、辿々しく歩くリィンの後ろで、アリサも制服を脱ぎ始める。

上着、シャツと脱ぎ、ズボンから下着へと繋ぐ。

さすがに下着を脱ぐ時は、一瞬躊躇したが、それでも意を決してこれを取り去った。

今目隠しを取れば、そこには全裸のリィンがいる。

それを考えただけで頭が沸騰しそうになったアリサだったが、大仰に頭を振り、その考えを払拭させる。

今大事なのは、早々に身体を洗い、そして早々に着替え直すことなのだから。

「～～っ!?」

とはいえ、同年代の男の子と一緒にシャワーを浴びようとしているのだ。

考えるなと言う方が無理である。

努めて冷静な態度を装うが、アリサの顔は真っ赤で、鼓動も爆発的なビートを刻んでいた。

先に浴室に入っていたリィンは、お湯の温度を調節していたようだ。

「このくらいか。洗い方はどうする？」

「そ、そうね、とりあえず石鹸を付けて、なるべく泡で洗うようにしましょう。それなら手が触れないし、それなりに衛生的だと思うし……」

「ああ、分かった。じゃあまず石鹸を取って……」

「ひゃうっ!?　ちょ、ちょっとリィン!?　頭が太ももに当たってるわ！」

「す、すまん、石鹸がどこにあるのか分からなくて……」

「な、なら私が探すから、リィンはそこで大人しく座っていて！」

「わ、分かった」

と。

びくっ、とリィンの肩が跳ねる。

アリサの手が横腹に触れたのだ。

「うっ⁉」

「あ、アリサ、あまりこっちに来ない方が……」

「え、なんですって？　──きゃうっ⁉　ちょ、ちょっとリィン⁉」

「ち、違う！　今のは不可抗力で……。その、あまり近づかない方がいいと思ったから……」

「そ、そうよね……。分かったわ……。──あ、これね。えっと、スポンジはここにあったから……」

くしゅっ、とスポンジを揉めば、石鹸はあっという間に濃密な泡を拵えた。

「これでいいわ。じゃあまず背中から洗うから、リィンは後ろを向いて」

「ああ」

アリサが撫でるように泡を乗せていけば、リィンの口からも気持ちよさそうな声が漏れた。

「いい感じだ。アリサは身体を洗うのが上手なんだな」

「そ、そうかしら？」

「ああ。しっかりと擦っているわけじゃないが、それでも身体の汚れが隅々まで落ちている気がする」

「ふふ、それはよかったわ。私の身体なんだし、身だしなみはきちんと整えないとね」

「そうだな。身体も大体泡に包まれたみたいだし、そろそろ流してもいいと思うぞ」

「分かったわ」

ゆっくりとシャワーでお湯をかけ、リィンの肌に付いた泡を丁寧に落としていく。

十分に流されたことを確認したリィンは、アリサからスポンジを受け取ろうとする。

「次は俺の番だな。スポンジをもらえるか？」

「ええ、これよ」

——むにゅっ。

「あら？」

アリサがスポンジを差し出せば、何やら弾力のあるものにぶつかった。

「あー、アリサ……」

リィンの気まずそうな声を聞き、アリサは思い出す。

以前にもこんなやり取りがあったということを。

「まさかとは思うけれど……」

「ああ、たぶん想像通りだと思う……。そこは——〝胸〟だ」

「〜〜っ⁉」

予想はしていたのだが、いざそうだと言われると、やはりショックは大きい。

アリサはかあっと顔を紅潮させ、「もう！　もう！　もう～っ！」とスポンジをリィンに投げた後、唇をへの字に結びながら、くるりと後ろを向いてしまった。

「は、早く終わらせて！　これ以上このままだと、私が先に燃え尽きそうだわ！」

「わ、分かった。すぐに済ませるから、少しだけ我慢していてくれ」

感情の高ぶったアリサに言われるがまま、リィンはスポンジを片手に、細心の注意を払って背中を洗う。

勢いでここまで来てはいるが、やはり年頃の女の子であるアリサには、耐え難い羞恥であろう。

これ以上の負担をアリサにかけるわけにはいかない、とリィンも真剣に手を進める。

その甲斐あってか、それ以降は割とスムーズに事が運び、リィンの頭も洗い終え、残るはアリサの頭を洗うだけとなった。

早く終わらせてあげたいリィンとしては、そこまで汚れているわけでもないので、とりあえず乾かしておけばいいのではないだろうかと言ったのだが、アリサは律儀にも、「いいえ、せっかくここまで来たんだもの。きちんと洗っておきましょう」と譲らなかった。

申し訳ないと思いつつも、アリサがそう言ってくれるのならば、無下にするわけにもいかない。

アリサの意を汲みつつも、リィンは早々に終わらせるべく、椅子に腰かけるアリサの頭に、シャンプーを泡立てた。

「痒いところはないか？」

「えっと……あ、そこ。そうそう。あ、もう少し右」

「ここか？」

「ええ、そこよ。ああ、気持ちいいわ……」

「そりゃよかった」

微笑みつつ、これなら時間もかからないだろうと胸を撫で下ろすリィン。

「他に痒いところがなければ、そろそろ流そうと思うんだが？」

「ええ、いいわ。ありがとう、リィン」

「礼には及ばないさ」

用意しておいたシャワーのノズルを持ち、アリサの頭を流そうとするリィン。

これでなんとか終わったな……、と気を抜いた瞬間——ばたんっ！

「「……えっ？」」

浴室のドアが騒々しく開かれ、目隠し中ながらも、二人の目が点になった。

が、それよりも問題だったのは、

「……リィン兄様……っ。これは一体どういうことですか……っ？」

浴室に響いた声が、リィンたちのよく知る少女のものだったということだ。

「え、エリゼ⁉　どうしてここに⁉」

「え、エリゼですって⁉」

ばばっ、と揃って目隠しを外し、リィンたちは眼前で肩を震えさせる少女を見やる。

そこにいたのは、腰まで伸びた艶やかな黒髪に、真っ白なリボンを携えた、普段はお淑やかな雰囲気を持つであろう少女だった。

「せっかくアルフィン殿下から頂いたお菓子を、お届けしようと思っていたのに……っ」

見紛うはずもない。

リィンの義理の妹——エリゼ・シュバルツァーである。

エリゼ・シュバルツァー。

帝都のサンクト地区にある、聖アストライア女学院に通うリィンの義妹であり、シュバルツァー男爵の実子。

清楚な佇まいの見目麗しい少女で、帝国の王位第二継承者であるアルフィン皇女の学友でもあり、お互い来年に控えた社交界デビューに向けて、教養を積んでいる。

なお、幼い頃はリィンにべったりだったが、彼が養子と知ると、途端に余所余所しい態度を取るようになったため、事情を知らないリィンは、それを少々寂しく思っていたりもする。

そんなエリゼが、今まさにリィンたちの目の前で、憤りに肩を震わせている。

これはまずい!?　とリィンは早急に事情を説明することにした。

「ち、違うんだ、エリゼ!?　これは誤解なんだ!?」

「何が誤解だと言うのですか、アリサさん!?　健全な学舎でこのように破廉恥な行為に及ぶなど——見損ないました！」

「だから違うのよ、エリゼさん！　私たちはそういう関係じゃないの！」

「そういう関係ではないって……ま、まさかお付き合いもせずにこのような行為を!?　それにその口調はなんなのですか!?」

「こ、これには深い事情があるんだ！　とにかく落ち着いてくれ、エリゼ！」

「無理です！　このような光景を見せられて、冷静でいられるはずがありません！」

「あなたの気持ちは分かるわ！　でもこれには事情があるの！　決してあなたの考えているような、不純なことではないわ！」

立ち上がり、必死の説得を試みるアリサだが、

「そ、そんなこと信じられ——って、きゃあっ!?」

途端にエリゼは顔を両手で覆った。

見れば、彼女の顔は耳まで真っ赤になっていた。

「お願い！　聞いて、エリゼさん！」

アリサがエリゼの両肩をがっしりと掴むも、エリゼは「嫌っ⁉」と彼女の手を振り払った。

「そ、そんな格好でこちらに来ないでください！」

「えっ？」

顔を隠したまま後退るエリゼの言葉に、アリサは「そんな格好……？」と小首を傾げ、視線を自らの身体に移した。

「――っ⁉」

アリサの視線の先にあったもの。

それは言わずもがな――一糸纏わぬリィンの〝裸体〟であった。

一瞬にして顔から血の気が引いたアリサは、そのまま「はふぅ……」と気を失った。

「お、おい、アリサ⁉　――って、エリゼもどこへ行くんだ⁉」

「嫌ぁああああ～っ！　兄様の馬鹿ぁ～っ！」

泣きながら駆けていくエリゼを呼び止めようとするが、彼女はまったく聞き耳を持たず、寮を飛び出してしまった。

急いで追いかけようとするリィンだったが、失神しているアリサをこのままにしておくわけにもいかず、「ああ、もうどうすればいいんだ⁉」と一人顔を伏せる。

と。

「――あらあら、どうされましたか?」

ひょこり、とドアの隙間から、シャロンが顔を覗かせた。

グッドタイミングである。

どうやらラインフォルト本社から帰ってきたようだ。

「シャロンさん!? よかった! 助けてください!」

救いの女神が現れた! と藁にも縋る思いのリィンだったが、

「あらあら、これはこれは……」

シャロンはいつもの微笑みで、リィンと気を失っているアリサを交互に見比べた後、

「私は何も見ておりませんので、後はお二人でごゆっくり――」

ぱたんっ、とドアを閉めてしまった。

「いや、シャロンさん!? ちょっと待ってください!? あの、聞こえてますよね!? お願いです、戻ってきてください! シャロンさーん!?」

リィンの悲痛な叫びが浴室に延々と響くが、ドアが再び開くことはなかったという。

四章——■新たなる〝扉〟

話は少し前に遡る。

リィンがフェリスとラクロスの練習試合をしていた時のことだ。

ここギムナジウムでは、ラウラとフィーが水着に着替え、ともに汗を流していた。

感情が高ぶった時にシンクロ現象が起きたのだ。

ならば何かに打ち込むことで、見えるものがあるのではないか、とラウラなりに考えたのである。

「……ふう。しかし凄いものだな。以前勝負した時も驚いたが、入れ替わったことでさらに実感することが出来た。さすがと言うべきか……」

自らの身体を改めて見渡し、ラウラ（見た目はフィー）は感嘆の声を漏らす。

隣のレーンでは、同じく水に浸かった状態のフィー（見た目はラウラ）が、「……それはわたしも同じ」と寝惚け眼をやや見開いて言った。

「ラウラの身体はとても力強い。でもそれでいて柔軟性に富んでいる」

「ふふ、そう言われると照れるな。だが素直に受け取っておこう。そなたに感謝を」

丁寧にお礼を述べた後、ラウラたちはプールサイドに上がる。

と。

「――二人とも凄かったですね。思わず見入ってしまいました」

「む？」

そう声をかけながら、ラウラたちの前に現れたのは、おっとりとした顔立ちに、赤毛のボブカットが映える、一人の少女だった。

ラウラの親友であり、水泳部の一年生でもある平民の生徒――モニカだ。

見た目同様、大人しい性格のモニカは、元々運動があまり得意ではなく、泳ぐこともほとんど出来なかったのだが、部活見学でラウラの姿を見たことで入部を決意――以降は彼女とともに研鑽を重ねてきた。

その甲斐あって、先月の下旬頃には五〇アージュを泳ぐことにも成功し、今も弛まぬ努力を続けている。

努力家の彼女ゆえ、どうやら今日も水泳の練習に来たらしい。

未だ発展途上のモニカからすれば、十分感嘆に値する泳ぎだったわけだが、ラウラは「いや、まだまだだ」と首を横に振った。

「確かにこの身体が持つポテンシャルは凄まじいと思う。だがそれは心身がきちんと噛み合ってこそ発揮されるものだ。悔しいが、今の私では七割……いや、多くて六割程度の力しか出せないだろう」

「そ、そうですか……。えっと、確かラウラのお友達の……フィーさん、でしたよね？」

「うん？　何を言っている？　私はラウラだぞ、モニカ」

「え、えっと……」

どんっ、と薄めの胸を張り、自信に満ちた返答のラウラに、フィーが小声で釘を刺す。

（……ラウラ、今はわたしがラウラ）

（えっ？　あっ……）

それでラウラは気づいたらしく、慌てて弁解した。

「あ、いや、違うのだ、モニカ――じゃなくて、違うよ、モニカ！　わ、私はフィー！　フィー・クラウゼル！　そう、フィーなのだ！　……よ？」

「……よ？」

互いに小首を傾げ合い、固まる。

（な、何が「よ？」なのだ、私ーっ!?）

青い顔で滝のような汗を流すラウラに、横からフィーが救いの手を差し伸べた。

「……モニカ、今日はフィーが泳ぎに付き合って欲しいとお願いしてきたから、こうして練習に付き合っていた。そうでしょ？　フィー」

「そ、そうなんですか？」

「――はっ!?　う、うむ。実はそうなのだ。こうした日々の鍛錬こそが、やがて実を結び、自らをより高みへと導いてくれるのだからな」

腕を組み、神妙な顔つきで頷くラウラに、モニカも「そ、そうですよね！」となんとか納得したようだった。

これにほっと胸を撫で下ろしたラウラは、小声でフィーに「すまぬ……」と謝るが、フィーの方は無言でVサインを作っていた。

気にするな、ということである。

「私もラウラに泳ぎを教えてもらったおかげで、やっと五〇アージュを泳ぐことが出来ました。もっと練習すれば、いつかラウラみたいに泳げるかもしれない——そう信じているからこそ、私も頑張ることが出来るんです」

思い出したように感慨深く語るモニカを、ラウラも微笑ましい表情で見つめていた。

モニカが言うように、確かに泳ぎ方の指導はした。

だが彼女がここまで上達出来たのは、ラウラの指導以上に、モニカ自身が一生懸命練習に励み続けたからだ。

それを知っているラウラには、一つの確信があった。

——いつかきっとモニカは、自分に匹敵する泳ぎを身につけるだろう、と。

もちろんただで負けるラウラではない。

これからも鍛錬を積み続けはするが、それでもいつか必ずモニカは追いついてくる。

それが出来る少女だ、とラウラは心の底からそう信じていた。

「……じゃあモニカも一緒に泳ごう。フィーも行ける？」

「無論だ」

頷くラウラに、モニカも笑顔で「私も頑張ります！」と答え、三人はそれからしばらくの間、互いを高め合ったのだった。


心身ともに気持ちよく汗を流したラウラたちは、身体が冷えないうちにシャワー室へと赴く。

シャワー室内にはすでに先客がおり、湯気を立ち上らせながら会話を楽しんでいた。

ラウラたちもそれぞれの個室に入り、ノブを捻る。

しゃっと熱めのお湯がノズルから飛び出し、些か冷えつつあった身体を温めてくれた。

「……ふう」

気持ちよさそうにシャワーを浴びるラウラの耳に、ふと隣の個室から女生徒の声が飛び込んできた。

「それにしても、先ほどのアリサの技には驚きましたわ。一体あの剣術紛いのシュートはなんだったんですの？」

「さあ？　もしかしたら、今日のために何か編み出したんじゃないかしら？　確かに〝ただの

力任せ〞にしては、気迫も段違いだったしね」

それに答えるのは、さらに隣の個室の、どこか快活さを感じさせる声音の女生徒だった。

〝アリサ〞という単語もそうだが、先の女生徒の口調には覚えがある。

恐らくはアリサと同じラクロス部の部員で、同じ一年生のフェリスだろう。

そう判断したラウラは、悪いと思いつつも、少しだけ聞き耳を立てさせてもらうことにした。

フェリスの言う〝剣術紛いのシュート〞なるものが気になったからだ。

もっとも、今のアリサにはリィンの精神が定着しているので、そのような技を披露したとしても、なんらおかしくはない。

むしろラウラが着目しているのは、〝アリサの身体で行った〞という事実の方である。

「なるほど、〝必殺技〞というやつですわね……っ。当初は調子が悪いように見えましたけれど、あんな隠し球を持っていたとは……。さすがはわたくしのライバルですわ……っ」

「お、なんか燃えてる感じ？　じゃあフェリスも何か編み出してみたらどうかしら？　練習ならあたしも付き合うわよ？」

「ええ、是非お願いしますわ！　今回は引き分けに終わってしまいましたけれど、次こそは必ずや勝利を掴んでみせますわ！」

「お、いいねえ！　ならあたしも頑張るわよ〜っ！　トールズー！　ファイ・オー！　レッツ・ゴーッ！」

「ファイ・オーですわーっ！」

「ちょっとうるさいわよ、二人とも。シャワーぐらい静かに浴びなさいな」

　そんなやり取りを耳にし、ラウラは思う。

（リィンたちも現状の中でやれることを精一杯やっているのだな。私たちも頑張らねば）


　シャワーを浴び、ギムナジウムを出た頃には、外はかなり荒れており、雷の閃光に連なって、魔獣の唸りにも似た音が轟き続けていた。

「ふむ、これはしばらく止みそうもないな」

「そうだね」

　本校舎に戻ったラウラとフィーは、来る途中に濡れた箇所をタオルで拭く。

　ふと窓から外を見れば、雨が叩きつけるように押し寄せ、窓ガラスが心許なくかたかたと揺れていた。

「とりあえず二階の談話スペースに行かぬか？　少し休息も必要だろう」

「……ん。分かった」

　階段を上り、談話スペースへと赴いた二人だったが、ふいに彼女らの鼻腔を何やら甘い匂いがくすぐった。

　調理室から漂っているのかと思ったが、どうやら違うらしい。

原因は彼女らの眼前にあった。

談話スペースのソファーにどっしりと腰かけた黄色いツナギの男子生徒が、美味しそうに円形のアップルパイを頬張っていたからだ。

少々恰幅の良いその生徒は、ラウラたちにも面識のある人物だった。

ジョルジュ・ノーム。

平民かつ学生の身でありながら、学院の技術棟を任せられるほどの優秀な技術者で、技術部の部長を務める、温厚な性格の優しい先輩だ。

彼の技術力の高さは、すでにルーレ工科大学からオファーが来るほど。

アンゼリカの導力バイクも彼が組み上げたものであり、アンゼリカやトワ、クロウとは、一年の頃からの仲である。

なお、見てくれからも分かるように、甘いものをこよなく愛している。

ラウラたちの存在に気づいたジョルジュは、柔和に笑いながら言った。

「やあ、君たちも食べるかい？」

ずいっ、と差し出してくるのは、お皿に乗った件のアップルパイだ。

見れば、テーブルの上には、お皿に乗ったアップルパイが幾つも並べられていた。

「……いいの？」

「もちろん。確か今はラウラじゃなくてフィーだったね？　どうぞ」

「サンクス」

すでに事情はトワたちから聞いているようだ。

ジョルジュからお皿を受け取ったフィーは、彼の向かいに腰かけ、ぱくりとパイに食らいつく。

「……ん。美味」

「それはよかった。ここのパイは僕のお気に入りなんだ。君もどうだい？」

「いえ、私は……」

と――くぅ～。

「うっ……」

唐突に鳴ったお腹の音に、思わず赤面するラウラ。

「はは、無理せず食べるといいよ。まだいっぱいあるしね」

言って、ジョルジュは脇に置いてあった袋を、見せつけるように持ち上げる。

かなりの重量に見えるが、一体いくつ買ったのか。

それ以前に、あれを全部一人で食べるつもりなのか。

様々な疑問が湧いたラウラだったが、それについては考えないことにした。

何故なら、喋りながらも黙々とパイを食べるジョルジュは、お皿に乗ったパイが無くなると、袋からパイを取り出して並べ、またパイが無くなったかと思えば、次のパイを取り出していたからだ。

　大した健啖家である。

「では遠慮なくいただきます」

「はい、どうぞ」

「……もぐもぐ」

「どうだい？　なかなかのものだろう？」

「ええ、とても美味しいです」

「はは、それは何よりだよ」

　微笑みながらパイを大きく一齧りするジョルジュに、ラウラは尋ねる。

「先輩はいつもここで休息を？」

「うん。技術棟で食べてもいいんだけど、あっちは油臭いからね。せっかくの出来立てだし、香りも楽しみたいと思ってね」

「なるほど。私たちも泳いだ後だったので、甘いものが心地良く感じます」

「そうだろう？　まあ僕の方は運動はからっきしだけどね。もっとも、このお腹を見れば一目瞭然かな？」

　ぽんっ、と自身のぽっこりお腹を軽く叩くジョルジュ。

「いえ、先輩はその分頭を使っていますし、糖分の補給は大事だと思います」

「はは、ありがとう。そう言われると、おかわりしたくなってきちゃうな」

そう言って、ジョルジュは袋に手を突っ込む。

「……さすがに食べすぎ」

「いやいや、今日はこれでも少ない方さ」

「……それは驚き。ダイエット？」

「まさか。この天気だろ？　お店の方もあまりお客さんが来ないと思ったのか、いつもより作る量をセーブしたみたいなんだ」

「……ん。納得」

「まあ僕としては悲しい限りだけどね。……いや、待てよ。それなら別のものを買えばよかったのか。うーん、残念」

と言いつつ、再び一齧りするジョルジュ。

「……先輩はいつもパイを食べてるの？」

「いや、そうとは限らないよ？　甘いものなら大歓迎だからね。昨日もクレープを三種類ほど食べたし」

「……やっぱり食べすぎ」

「はは、まあそう言わないでよ。で、昨日食べたクレープなんだけど、これも僕のオススメでね？」

「……ん」

「とくにバナナクレープとチョコバナナクレープ、それから山盛りいちごクレープの三種類が一押しなんだけど――」

と、他愛もない会話をしつつ、二人が一つずつパイを食べ終えた頃には、ジョルジュはテーブルに残ったパイと、袋の中にあったパイを全て食べ終えていた。

「うん、美味しかった。これで残りの作業も頑張れるよ」

「ええ、私も元気が出た気がします。ご馳走さまでした」

お皿を返し、ラウラは頭を下げる。

次いでフィーも、「ごちそうさま」とお礼を言った。

「どういたしまして。それよりどうだい？　元には戻れそうかい？」

「いえ、それがさっぱり……」

俯くラウラに、ジョルジュは「うーん」と両腕を組んだ。

「確かに現状は大変かもしれないけど、〝戦術リンクの性能を向上させる〟というコンセプト自体は悪くないと思うんだ」

「と言いますと？」

「うん。退屈な話かもしれないけど、聞いてくれるかい？」

「はい」

こくり、と頷いたラウラに、ジョルジュは瞳を輝かせた。

技術者として、自分の考えを聞いてくれることが嬉しいのだろう。

ちなみにフィーは、お腹がいっぱいになったことで眠くなったらしく、別の意味でこくりこくりと頷いていた。

「まず基本的なことのおさらいから始めるけど、このＡＲＣＵＳを使用して、味方同士をリンク――つまり〝繋げる〟ことで、共鳴させ、高度な連携を可能とさせるのが、いわゆる〝戦術リンク〟というものだよね？」

自身のＡＲＣＵＳを見せながら言うジョルジュに、ラウラも「ええ、そう理解しています」と首肯する。

「で、具体的にどういうことが出来るのかと言えば、味方の攻撃で相手が体勢を崩した際、すかさず追撃を行ったり、結びつきが強くなればなるほど、ラッシュやバーストといった派生攻撃が出来るようになったりする。他には共鳴による基礎能力の向上や、味方を庇うことだって出来る」

「そうですね」

「うん。今回はそれを強化しすぎて、〝互いの精神が入れ替わる〟という事態を引き起こしてしまったわけだけど、そうなる直前まで引き上げることが出来れば、二つの視点が一つになるわけだから、相手の体勢をさらに崩しやすくなったり、追撃を行うタイミングも狭まるから、間髪を容れない〝連続攻撃〟というものが可能になるかもしれない。ラッシュや庇うといった行為も強化出来るはずだよ」

「なるほど。確かにシャロン殿もそう言っていました。〝二身一体〟の攻防が可能になるだろうと」

「うん、僕もそう思う。だから技術者としては、是非この技術を完成させて欲しいと思うんだ。もちろん君たちが元に戻ることが先決だけどね」

頭を掻きながら笑うジョルジュに、ラウラも微笑みながら、「ありがとうございます」と再び頭を下げた。

「いやいや、現状僕は何も出来ないからね。まあちょっとでも触らせてくれるというなら話は別だけど。とにかくまた甘いものが食べたくなったらおいでよ。そのくらいなら僕にも出来るからさ」

「はい。本当にありがとうございました」

「どういたしまして。じゃあ僕はこれで」

よいしょっ、と腰を上げたジョルジュを、ラウラは三度頭を下げ、見送った。

余談だが、ジョルジュを見送った際、遠くの方から「た、助けてくれ、サリファ!?　サリファ〜っ!?」と何者かの悲痛な叫びが聞こえた気がした。

「……なるほど。そういうことでしたか……」

時同じくして、トワから事情を説明されたエリゼは、ようやく事態を把握出来たと見え、自分の行動を恥じつつ、落ち着きを取り戻していた。

あの後、寮を飛び出したエリゼは、偶然《ケインズ書房》前を通りかかったトワによって、無事保護されていたのだ。

寮一階の談話スペースで、トワの話を聞き終えたエリゼは、向かいのソファーに横たわるアリサ（見た目はリィン）を見つめる。

「う、う～ん……」

先の衝撃が強すぎたのか、アリサは未だにうなされているようだった。

「それで……リィン兄様？」

「ああ、今はそういうことになっている」

疲れたような表情を見せるのは、部屋着に着替えたリィンだ。

アリサともども、シャロンに着替えさせてもらったのである。

その際、もちろん目隠しをされたわけだが、彼女がアリサを着替えさせた時、「あらあら、これはまあ……うふふ」と変な声が聞こえたことだけが、リィンは今も気がかりだった。

「では今一度お伺いしますが、先ほどのことは単に汗を掻き、雨に濡れたからであって、他意はなかったのですね？」

「もちろんだ。本当はシャロンさんに頼む予定だったんだが、タイミングが合わなくてな。このままでは風邪も引いてしまうので、仕方なく二人とも目隠しして洗うことにしたんだ」

「なるほど……」

どこかほっとした様子のエリゼに、リィンも誤解が解けて良かったと胸を撫で下ろした。

が。

「お二方の事情は分かりました。ですが！」

「うっ⁉」

ずいっ、と顔を寄せてきたエリゼに、リィンは思わず身を引く。

エリゼの甘い香りが鼻腔を刺激する中、彼女は捲し立てるように言った。

「お付き合いもしていない男女がともに入浴するなど、如何なる理由があろうとも、さすがに控えるべきです！　シャロンさんが不在であれば、事情を知る他の方にお願いすることも出来たはず！」

「いや、まあそうなんだが……」

「にもかかわらず！　リィン兄様はアリサさんと……ふ、不埒な真似を！」

両手で顔を覆うエリゼの頬は、今にも発火しそうなほどに真っ赤だった。

「お、落ち着いて、エリゼちゃん。きっとリィン君たちは、凄く切羽詰まった状況だったんだよ。そうだよね？　リィン君」

「え、ええ。あの時はとにかく早く身体を温めないとという一心で、他の誰かに頼むという考えが浮かびませんでした。たぶんアリサも同じだったと思います」

「ほ、ほら、エリゼちゃん。リィン君もこう言ってるし、仕方ない状況だったんだよ。ね？」

「それは私も分かっています……。ですが……うぅ……」

「うん、分かるよ。よしよし」

しくしくと涙を流すエリゼの頭を、トワが優しく撫でる。

ほとんど同い年くらいにしか見えない両者であるが、トワはエリゼよりも三つ、リィンやアリサよりも一つ上のお姉さんである。

それを忘れそうになるリィンだったが、今考えるべきはエリゼのことだ。

やはりショックが大きかったのだろう。

不可抗力とはいえ、悪いことをしてしまった。

内心自らの行いを省みながら、リィンは二人の様子を見据える。

トワになだめられたことで、エリゼも落ち着いたようだ。

と。


「……あら？　私、一体……」

意識の回復したらしいアリサが、顔を伏せながら上体を起こした。

「アリサ、気がついたのか？」

「……リィン？　それにトワ会長にエリゼさん、シャロンも……って、シャ、シャ、シャロン⁉」

「はい。おはようございます、お坊ちゃま」

艶然と微笑むシャロンに、アリサはずんむりと双眸を見開く。

「い、いつ戻ってきたの⁉」

「はい。お坊ちゃまとリィンさまが、仲睦まじく浴室で汗を流されている時に」

ぽっ、と桜色の頬に手を添え、どこか恥ずかしそうに言うシャロンに、当然、アリサは「な、仲睦まじく入ってなんかいないわよ⁉」と否定する。

が、アリサ以上にシャロンの言葉を真に受けている人物が、この場にはいた。

そう、エリゼだ。

「や、やはりリィン兄様とアリサさんは……っ⁉」

青い顔で後退るエリゼに、トワも「え、エリゼちゃん？」とたじたじだった。

「お、おい、エリゼ？」

しかしエリゼは自分を呼ぶリィンを手で制し、「……いえ、もういいんです」と彼に背を向けた。

「いずれリィン兄様にもこういう時が来るというのは覚悟していました……。私はリィン兄様の妹です……。兄の幸せを願うのは妹として当然のこと……。ですから……ですから私は……っ」

溢れる涙を必死に堪えながら、エリゼはリィンの方を一度だけ振り返り――ダッ！

「――ど、どうかお幸せにぃ～っ！」

「お、おい、エリゼ⁉　どこへ行くんだ、エリゼーっ⁉」

リィンの制止も聞かず、エリゼは再び寮を飛び出していった。

『……』

場を静寂が包むこと数秒。

「ふふ、〝青春〟というのは、なんとも歯痒いものですね、お坊ちゃま」

「〝ふふ〟じゃないわよ……。今のは完全にあなたのせいでしょ……」

アリサに半眼をぶつけられ、さすがのシャロンも反省したのだろう。

申しわけございません、と皆に対して真摯に頭を下げた。

「お坊ちゃまとエリゼさまがあまりにも良い反応をされるのでつい……」

「……はあ。もう十分楽しんだでしょう？　大事にならないうちに、エリゼさんを捕まえて来て頂戴」

「承知いたしました。このシャロン、命に替えましても、必ずやエリゼさまをお連れいたしますわ」

「ええ、頼んだわよ」

「はい。ではその前に、一度皆さまにＡＲＣＵＳをお返ししておきますね」

そう言って、懐から新型のＡＲＣＵＳを取り出したシャロンは、それをリィンたちに手渡した。

「それでは失礼いたします、皆さま」

「すみません。エリゼのことをよろしくお願いします」

「お任せください」

頷き、シャロンは再度一礼した後、二本の傘を手に、エリゼの後を追う。

「……あら？」

だがシャロンが取っ手に手をかける直前、ふいに扉の方がすっと開いた。

一瞬エリゼが戻ってきたのかと思った一同だったが、そこにいたのは、同じ《Ⅶ組》の女子――ラウラとフィーだった。

「おや？　シャロン殿？」

「お帰りなさいませ、ラウラさま、フィーさま」

「……ん。ただいま」

道を譲ったシャロンの脇を、ラウラとフィーが通る。

途中、シャロンは思い出したように、「あ、お二方にもお返ししておきますね」とARCUSを取り出した。

「……サンクス」

「もうよいのですか？」

「ええ。結果については後ほど詳しくお伝えしますので」

それだけ残し、シャロンは「では」と軽く会釈して、エリゼを追っていった。

「ふむ？　何かあったのか？」

「ああ、実は――」

リィンがラウラたちに事の顛末を話せば、彼女らも「ふむ、何故私たちに頼まなかったのだ？」

「……右に同じ」と不思議そうな顔をしていた。

「「……はあ」」

消沈するリィンとアリサに、「あはは……」と苦笑いのトワだが、話題は現状の打開策へと移る。

「ところで、ラウラたちの方は何かいい案は見つかったのか？」

「いや、一応先ほどジョルジュ先輩とも話したのだが、何も出来ないのが現状だと言っていた」

「そうか……」

「まあ一応ラインフォルトの最高機密だしね。シャロンの許可が下りれば、ジョルジュ先輩にも見てもらうことが出来るのだけれど……」

「そうだな。とにかく今はシャロンさんが戻ってくるのを待とう。何か情報を掴んでくれたかもしれないしな」

「そうね」

頷き、トワを含めた五人は、シャロンとエリゼの帰りを待つ。

が。

——五分後。

「……来ないわね」

「来ないな」

「まだ行ったばかりだろう？　そなたの妹御を探して戻ってくるのならば、もう少しかかってもおかしくはないはずだ」

「……ん。わたしもそう思う」

「そうだね。もうちょっと待ってみようよ」

――十五分後。


「……そろそろ来てもいいんじゃないかしら？」

「そうだな。でもこの雨だし、時間がかかるのは仕方ないさ」

「うむ、〝果報は寝て待て〟とも言うしな」

「……じゃあ寝て待つ。おやすみ」

「ちょ、ちょっとフィーちゃん!?」


――三十分後。


「……さ、さすがにちょっとかかりすぎじゃないかしら？」

「そうだな……。もしかしてエリゼの身に何かあったんじゃ……っ!?」

「落ち着くがよい。そなたまで冷静さを失ってどうするのだ？」

「……すー……すー……」

「……も、もうフィーちゃん……風邪引いちゃう……すー……」

そして待つこと一時間後――ついに寮の扉が開いた。

「「──っ⁉」」

逸る気持ちを抑え、リィンたちは期待を込めた眼差しを扉に向け、

「──お、いたわね～♪」

「「「……」」」

早々に視線を外し、三人揃って嘆息した。

「ちょ、ちょっと何よぅ！　さすがに喜べとは言わないけれど、何もため息吐くことないじゃない！」

落胆した様子のリィンたちに、扉を開けた女性ことサラが抗議の声を上げる。

ずかずかと大股で近づいてきたサラに、リィンは「すみません……」と謝罪した。

「実は俺たち、シャロンさんの帰りを待っていまして……」

「あらそう。愛する担任よりも、綺麗なメイドさんの方がいいってわけね」

「いえ、別にそういうわけでは……」

年甲斐もなく頬を膨らませるサラに、リィンもどうしてよいものかと困り顔だった。

もちろん〝愛する担任〟に関しては、全力でスルーだ。

「まあいいわ。それよりいい情報を手に入れてきたわよ」

「情報？　何か分かったのですか？」

　ラウラの問いに、サラは自信ありげに頷く。

「ええ、たぶん今回の騒動に関係あることだと思うわ」

「ほ、本当ですか⁉　もしかして元に戻れる方法が分かったとか⁉」

　一番の食いつきを見せるアリサに、サラは「ふふ～ん♪」と上機嫌だった。

「それで、一体何が分かったんですか？」とリィン。

「まあ待ちなさい。その前に、お酒を持って出たはずのあたしが、すでに早めの晩酌を洒落込もうと思っていたはずのこのあたしが！　何故その情報を得るに至ったか――気になるでしょう⁉」

「え、ええ……」

　有無を言わせないサラの気迫に圧され、リィンは半ば強制的に頷かされた。

　本当は皆のためにも、〝いい情報〟という方を聞きたかったのだが、サラはそこに至るまでの経緯をすこぶる話したがっている。

　たとえ聞かなかったとしても、面倒見の良いサラのことだ――情報を教えてはくれるだろう。だがせっかくリィンたちのために情報を仕入れてきてくれたのだ。

　その思いに報いるのは当然のこと。

　リィンたちはそう考え、サラの話に耳を傾けることにした。

「君たちならそう言ってくれると信じていたわ。さすがはこのあたしの教え子たちね。ほっぺにちゅーでもしてあげようかしら」

したり顔で頷くサラに、ラウラは「いえ、それは結構です」ときっぱりお断りする。

「何よぅ、つれないわねぇ」

再度膨れ面になったサラに、ラウラは「それで」と話を進めるよう促す。

「サラ教官の身に何があったのですか？」

「そう、それなのよ！　ホント嫌になっちゃうんだけど、あたしは今の今まで旧校舎の調査をしていたのよ——学院長に頼まれてね」

「学院長に？」

「ええ。君たちが毎月調査をしてくれているように、あたしもちょくちょく潜ってはみているのだけど、ここ最近はちょっとご無沙汰でね。で、あれから学院長にばったり会っちゃって、お酒を半分没収された挙げ句、《Ⅶ組》が大変な事態にあるのだから、教官である君も頑張りなさいって感じで、調査を命じられたってわけ。あそこほどおかしな空間もないし、もしかしたらなんらかの影響を受けているかもしれないってね」

「なるほど。それでサラ教官は旧校舎の……五層、だったかしら？　に潜っていたわけですね？」

「ええ、そう。まったく、ただ調査するだけなら、何もあたしのお酒を没収する必要ないじゃない。絶対自分で飲むために違いないわ」

「あはは……」

ぶつぶつと恨み節を口にするサラに、苦笑いのリィンたち。

「でも五層なら俺たちも調査しましたし、いつも通り最奥の魔獣も倒しました。残っているのは、そこまで手こずらない程度の、一般的な魔獣だけだと思うのですが……」

「そうね。あの程度の魔獣なら、あたしにとっちゃ造作もないレベルよ」

腐っても元Ａ級遊撃士のサラだ。

当然だろう。

「だと思います。もしかして他に何か〝変化〟が？」

リィンの言う〝変化〟とは、今を遡ること二ヶ月前――七月中旬頃の話。

旧校舎の地下四層の調査中、謎の赤い〝扉〟を発見したのが始まりだった。

その〝扉〟は何をしても開けることが出来ず、調査を後回しにしていたのだが、ふとしたことから旧校舎にエリゼが迷い込んでしまった際、何故か〝扉〟が開き、中から《大崩壊》後の戦乱時代――通称〝暗黒時代〟の産物とも言える、〝首のない甲冑のような魔獣〟が現れたのである。

あの時はクロウの応援と、リィンの中に眠る〝力〟のおかげでなんとか撃退することが出来たのだが……。

「ええ、リィンの想像通りよ。四層の時と同じく、五層にも新たな〝扉〟が出来ていたの」

「「「――っ⁉」」」

息を呑むリィンたちに、サラは続ける。

「そして以前と同じように、言語と思われる音も聞こえたわ。ただどこかくぐもったような感じだったから、断片的ではあるのだけど、それでも〝《起動者》候補〟〝精神の同調〟〝試し〟という単語は確かに聞こえた。どう？　いい情報だとは思わない？」

微笑むサラに、リィンたちは大きく頷く。

「ええ、もしそれが本当だと言うのならば、恐らく解決の糸口がそこにある気がします」

「そうね。私もなんだか元に戻れる気がしてきたわ」

「そうだな。ならば早速向かうとしよう」

頷き合う三人に、サラも「うんうん」と満足げな様子だった。

「ありがとうございます、サラ教官。おかげで希望が見えてきました」

「あら、別にいいのよ、お礼なんて。でも君たちがどうしてもお礼がしたいと言うのなら――そうね、《キルシェ》で一杯やるってのはどう？　もちろん君たちが元に戻った後にね」

図々しそうに見えながらも、にこやかにウインクするサラに、リィンたちも口元を綻ばせる。

「分かりました。その時は奢らせていただきます」

「右に同じです。今回のことは、私の責任でもありますから……」

「いや、そなたのせいではあるまい。旧校舎に以前と同じ〝変化〟が現れた上、〝精神の同調〟

などと、関与を疑わせる発言をしたとサラ教官は言った。である以上、ＡＲＣＵＳは何かしらの影響を受けただけにすぎぬ。あまり自らを責めぬことだ」

「ありがとう、ラウラ。とにかく今は旧校舎に向かいましょう。それで全てが分かるはずよ」

「ああ」「承知した」

リィンとラウラが揃って頷けば、「……ん。じゃあ行こう」とフィーが目を擦りながら言った。

「フィー、起きていたのか？」とリィン。

「……ん。会長はまだ寝てるみたいだけど」

言われて見れば、トワは未だに静かな寝息を立てていた。

「……すー……」

『──』

なんともあどけない寝顔に、ほっこりとした気持ちになるリィンたち。

日頃の激務に加え、今回の騒動だ──疲れも溜まっていたのだろう。

彼らはそのままトワを起こさぬよう、静かに旧校舎へと向かった。

もちろんシャロンたちには置き手紙で、すぐ帰る旨を残して。

そうしてリィンたちが旧校舎に入り、地下五層へと向かおうとした時のことだ。

――ゴゴンッ！

唐突に大地が唸った。リィンたちはなんとか踏ん張り、揺れに耐える。

揺れはごく小規模の上、すぐに収まり、リィンたちは互いの無事を確認し合う。

『――なっ⁉』

「皆、大丈夫か？」

「ええ、私は大丈夫よ」

「私も問題はない。フィーやサラ教官も無事のようだ」

「……たぶん下からだね。もしかしたら、サラの言う〝扉〟が開いたのかも」

「その可能性はあるわね。当事者であるリィンたちが訪れたことで、〝扉〟の方が反応したのかもしれないわ」

「なるほど。歓迎されてるってわけね」

皮肉を込めて言うアリサだが、彼女の口調はどこか嬉しそうだった。

恐らく元に戻れるかもしれないという期待が、無意識のうちに滲み出ているのだろう。

出来ればリィン自身、早くアリサの期待に応えてあげたいと考えていた。

しかし焦りは禁物だ。

最悪四層と同等か、それ以上の魔獣が相手となる可能性もあるのだから。

「とりあえず五層に行ってみよう。ただこの先は何が起こるか分からない。皆も十分気をつけてくれ」

『――』

　一同が静かに頷き、リィンは昇降機のパネルを操作する。

　地下五層に到着したリィンたちは、改めて周囲を観察した。

「ここら辺はとくに変化していないようね」

「そうだな。俺も前に来た時と同じように見える」

「サラ教官、例の〝扉〟とやらが現れたのは、もっと奥の話で？」

　ラウラの問いに、サラは「ええ」と頷く。

「あたしが見つけたのは、ここの最も奥の広間ね。まあそこまでは、楽しいピクニックだとでも思いましょう」

「……そだね。でも武器はどうするの？」

　小首を傾げるフィーに、リィンは腕を組んで考える。

　いくら精神が入れ替わったとはいえ、やはり各々の使い慣れた武器に勝るものはない――が、数刻前に試した際、心得があるにもかかわらず、皆は自らの武器を思うようには扱えなかった。

　確かにサラは付いているが、先の見えない状況である以上、分不相応な武器を扱うのは得策ではない。

ならば心得に乏しかろうとも、肉体に合わせた武器を使用するべきか。

悩みどころではあるが、リィンは判断を下す。

「武器は各々の身体に合う方にしよう。経験は浅い、もしくは皆無かもしれないが、最低限振れるだけの力はあるはずだ」

「そうね。私も賛成よ」

「承知した。〝扉〟に辿り着くまでに慣らすとしよう」

「Ja《ヤー》」

互いに頷き合い、リィンはアリサの導力弓を、アリサはリィンの太刀を、ラウラはフィーの双銃剣を、フィーはラウラの大剣をそれぞれ握る。

弓を引き、感触を確かめるリィンに、アリサは些か驚いたような表情を見せた。

「とても素人のようには見えないのだけれど、もしかして弓の心得があるの？」

「ああ、一応な。と言っても、狩りの時に使ったくらいだから、心得というほどのものではないんだが……」

「なるほど。でも筋がいいように見えるわ。欲を言えば、もう少しここをこうして……」

密着し、リィンに弓の手解きを行うアリサだが、

「そうそう、それでもう少し手首を――あっ……」

「うん？」

ふいにリィンと視線がぶつかり、自分の鼻先数センチのところに、彼（正確にはアリサ）の顔があることに気づく。

「～～っ!?」

瞬間、かあっとアリサの頬が上気し、彼女は脱兎の如くリィンと距離を取った。

「……アリサ？」

が、リィンの方はそんなアリサの気持ちに気づいてはおらず、不思議そうに首を傾げていた。

「青春ねえ」

「ち、違います！」

全てを悟ったように言うサラに、渾身の突っ込みを入れるアリサの横で、ラウラとフィーも互いの武器を指南し合っていた。

「うむ、そうだ。武器の重さに振り回されないようにしつつも、重さを活かすのを忘れるな。重心を低く――そう、腰を使うのだ」

――ブンッ！

「……ん。なんとなく分かってきた」

「さすがだな。飲み込みが早い。どうだ？　これを機にアルゼイド流を学ばぬか？」

「……それもいいかも。考えておくね」

「ああ、そうしてくれ。では私の方も頼む」

ラウラがそう言えば、フィーは素振りを止め、相変わらず眠そうな顔で近づいてきた。

「……双銃剣は、〝双剣〟と〝双銃〟が組み合わさったもの。一撃の重さより、連撃による〝速さ〟に重きを置いている」

「そうだな。小柄なフィーには最も適した武器だと思う」

「サンクス。わたしもこの剣はラウラにぴったりだと思う」

「ふふ、それは嬉しいな。そなたに感謝を」

ほんわかと良い雰囲気の二人を見た後、サラはリィンたちの方（主にアリサ）を振り向いてこう言った。

「あれはあれで青春なのかしら？」

「わ、私が知るわけないじゃないですか⁉」

「でもアリサも自分の顔を見て赤く」

「なってません！」

「もう、冗談よぅ。そんなに怒らなくてもいいじゃない。ねえ？」

「知りません」

ぷいっ、とそっぽを向いてしまうアリサに、リィンはなんと声をかけるべきか迷い、苦笑い気味に頭を掻くことくらいしか出来なかった。

一通り武器の感触を確かめたリィンたちは、サラの言う〝扉〟へ赴くべく、調査済みの五層内部を進んでいく。

「はっ！」

――ズバッ！

フィーの振り下ろした大剣が、紫色の体色をした魔獣を一気に斬り裂く。

斬られた魔獣は、換金用のアイテムである〝セピス塊〟を残して消滅した。

「たあっ！」

次いでリィンの放った矢が別の魔獣に突き刺さり、

「ふっ！」

アリサの繰り出した斬撃が追い打ちとなって、魔獣を消滅させる。

「せいっ！　やあっ！　砕け散れ！」

隣ではラウラが双銃剣での連撃を放った後、魔獣に銃弾を浴びせていた。

「……ふう。これでこの辺の魔獣はあらかた片付いたようだな。皆も無事か？」

「ああ、俺は大丈夫だ」

「私も問題ないわ。フィーは大丈夫？」

「……ん、大丈夫。サラは……心配しなくてもいいか」

「ちょっとどういうことよ？　あたしだってか弱い女の子なのよ？」

そう膨れつつも、今回サポートに徹しているサラは、当然、無傷だった。

いつもとは違う状況ゆえ、サラ自身、手を貸したい気持ちはあった。

しかしこれが旧校舎と〝扉〟の試練だと言うのならば、酷でもリィンたちの力で乗り越えなければならない——そう判断したのである。

「……サラは〝女の子〟って歳じゃないいかな」

「あら、言ってくれるじゃない。ちょっと詳しい話を聞きたいわね」

笑顔で額に青筋を浮かべるサラにご指名を受けたフィーは、「……それはまた今度」と逃げるようにラウラの後ろへと隠れた。

「ふむ?」

が、体格差が逆になっているため、見事にはみ出していた。

「……はあ、まあいいわ。それで君たちの方だけど、入れ替わってる割には、意外と様になってるじゃない。これならとくに心配もいらないわ——この程度の魔獣なら、ね」

「「「……」」」

そう、〝この程度の魔獣なら〟である。

幾たびも戦場を越えてきたサラには分かるのだろう。

この先には、〝この程度〟では済まない魔獣が控えているということを。

一転して緊張した面持ちになったリィンたちに、サラは柔らかく告げる。

「そう固くなることはないわ。君たちの頑張りは、担当教官であるこのあたしが誰よりも知っている。そのあたしが大丈夫だと言うのだから、胸を張って戦いなさい」

「サラ教官……」

胸に込み上げるものを感じつつ、リィンたちは互いに目配せし、力強く頷く。

「はい！　必ず全員で乗り越えてみせます！」

「うんうん、それでこそ君たち《Ⅶ組》よ」

嬉しそうに頷くサラに見守られながら、リィンたちは次々に魔獣を倒していった。

初めて扱う得物が多いにもかかわらず、リィンたちの快進撃は続く。

サラの叱咤激励が、彼らの背中を力強く後押ししていたからだ。

「――せやっ！」

バシュッ！　とリィンの矢で最後の魔獣が消滅し、ついに彼らは例の〝扉〟があるという、地下五層最奥の間へと到着する。

「これは……」

そこでリィンたちが目にしたのは、昇降機で下りる前にフィーが言ったように、ぽっかりと大口を開けている〝扉〟の姿だった。

やはり先ほどの揺れは、この〝扉〟が開いたことを知らせていたようだ。

「ますますきな臭くなってきたわね。一体この先に何が待っているというのかしら？」

「それは分からぬ。ただ私たちを迎えているというのは確かであろうな」

「そうだね。この先はさらに注意しないと」

「ああ、そうだな。きちんと準備を整えてから出発しよう」

　頷き、一同は今一度装備のチェックをする。

　一応この状態でもアーツが使えることは確認済みだが、それでも戦闘中は何が起こるか分からない。

　どんな事態にも対処出来るよう万全を期す必要がある。

　リィンたちは持参したアイテムを一箇所にまとめ、それを偏りがないよう再分配する。

　詳細は割愛するが、例を挙げれば、ティアやティアラの薬等の回復薬、ＥＰチャージ、解毒薬、煙り玉などだ。

　皆にアイテムが行き届いたことを確認したリィンは、「よしっ」と勢い込み、〝扉〟の奥を見据える。

　そこは常闇を封じ込めたように暗く、中に光がほとんど届いていないように見えた。

「どうやら一筋縄ではいかないようだな」

「ああ。とにかく気をつけて進もう。皆、準備はいいか？」

「ええ、大丈夫よ」

「……ん。わたしも」

準備が整ったリィンたちを、サラは「うんうん」と微笑ましそうに見つめ、言った。

「――じゃあ皆頑張ってきなさい。あたしはここで待ってるから」

「えっ……？」

その言葉が予想外だったのか、リィンたちは呆けた顔になっていた。

「……サラは来ないの？」

「こらこら、甘えるんじゃないの。この〝扉〟は君たちが来たことで開いたのよ？ つまり君たちじゃないと駄目ってこと。だからあたしの役目はここまで」

『……』

微笑みながらそう言うサラに、リィンたちは無言で互いを見やり――頷いた。

「分かりました。では少しだけ待っていてください。俺たちは必ず戻ってきますから」

「ええ、分かったわ。でも無理はしないこと。いいわね？」

「「「はいっ！」」」「……ん」

大きく頷き、リィンたちはサラに背を向け、〝扉〟の中へと進んでいく。

彼らの背中が暗闇の奥に消えるまで、サラは一度も目を逸らさず、しっかりと前だけを見据えていた。

五章——□　鏡越しの対峙

精神の入れ替わってしまったこの現状を打破するため、ついに旧校舎の地下五層に現れた〝扉〟へと辿り着いたリィンたちは、護衛役のサラを残して先へと進んだ。

開いた〝扉〟を外から見た時は、一切光の届かない暗黒の空間にしか見えなかったのだが、一歩そこに足を踏み入れ、リィンたちは驚きを隠せなかった。

「これは……」

思わず声が漏れたのは、リィン（見た目はアリサ）だった。

何故なら眼前に広がる光景は、雲が緩やかに流れる青空と、どこまでも続く鏡のような水面だったからだ。

歩く度に波紋が水面を伝うも、靴が濡れる素振りはない。

である以上、この鏡面が〝水〟なのかも怪しいところではあるが、なんとなくリィンはそれが〝水〟なのだと理解していた。

しかし驚くべきはこの空間である。

先ほどまでいたのは、紛れもない地下の遺跡区画だったはずだ。

それが今では、地上にいるかのような美しい景観の中にいる。

頬を撫でる風は優しく、夢幻と呼ぶにはあまりにも精巧過ぎていた。

恐らくは現実。

だとすれば、空間転移の類であろうか。

「……ふう」

とはいえ、悩んでいても仕方がない。

今重要なのは、この〝試練〟を乗り越え、入れ替わった精神を元に戻すことなのだから。

頷き、リィンは皆に再度気を引き締めるよう促そうとした。

が。

「……皆？」

振り向いたそこに、アリサたちの姿はなく、

「――っ⁉」


――一体の魔獣が様子を窺うように佇んでいた。


「魔獣⁉」

すかさず距離を取り、リィンは導力弓を構える。

何故今まで気づかなかったのか。

リィンは歯を噛み締めながら狙いを定める。

魔獣は人型で、大きさは一七五リジュ前後であろうか。

右手に狭長な骨と思しき武器を所持しており、外見で言うならば、以前実習で訪れた〝翡翠

の公都〟――バリアハートのオーロックス狭谷道にいた手配魔獣が近しいだろう。

その魔獣が、何故こんなにも近くにいたのに気づかなかったのか。

そして他の皆はどこへ行ってしまったのか。

リィンの頭に様々な疑問がよぎったが、それを考えるのは、この魔獣を倒した後である。

「てやっ!」

力一杯弓を引き、リィンは魔獣を仕留めるべく矢を放った。


同時刻。

アリサ(見た目はリィン)もまた、リィン同様、青空とその全てが反射した世界で、一体の魔獣と戦闘を繰り広げていた。

「もうっ!」

苛立ちを発散させるかのように吐き捨て、アリサは水面を駆ける。

アリサが対峙するのは、遠距離攻撃に特化したであろう人型の魔獣だ。

大きさはリィンとなった今のアリサほどではないが、しつこく棘のようなものを放ち続けており、なかなか接近することが出来ないでいた。

これが元の身体であれば、弓による牽制や、戦技(クラフト)の類を叩き込んでやるところであるが、あいにく今はリィンの身体だ。

そして武器はリィンの太刀。

確かにリィンの修めた八葉一刀流の中にも、斬撃を飛ばす技があったが、それはリィンだからこそ出来る芸当だ。

「くっ……」

ならばどうするか。

魔獣の攻撃を躱しながら、アリサは突破法を考える。

この相手は今までの魔獣とは違う。

現段階で隙という隙がまったく見当たらないのだ。

今の入れ替わった状態では、相手にするのが難しいほどの強敵と言ってもよかった。

ただ幸いなのは、魔獣の狙いがそこまで正確ではないということ。

そして一発を撃ってから次の棘が現れるまで、少しだけインターバルが存在するということだろうか。


言うなれば、そう――〝弓の装填〟のように。


勝機があるとすれば、恐らくはその二点。

一発目が放たれてからでは遅い。

かと言って、馬鹿正直にインターバルを狙えば隙を突けない。

誰しもがそこを狙うことは予想出来るからだ。

狙うのは、インターバルの終わり――二発目を放つ直前！

正確ではない狙いが、さらに乱れた瞬間！

「――そこっ！」

覚悟を決め、アリサは地を蹴った。


一方、ラウラとフィーの方も、リィンたちと同じように、それぞれが個々人へと分断されていた。

対峙するのは、やはり両者とも一体の魔獣だ。

ラウラ（見た目はフィー）の相手は、長身で棍棒のように無骨な武器を両手で持つ、破壊力重視の魔獣。

そしてフィー（見た目はラウラ）の相手は、小柄で両手の爪による連撃と、合間に放たれる棘のような遠距離攻撃が厄介な、速度重視の魔獣。

どちらもかなりの強敵で、両者ともに苦戦していた。

「……ぬっ」

最中、ラウラは一度距離を取り、自身の得物である双銃剣を握り直す。

見れば、魔獣の方もラウラの動向を窺っているのか、武器を正眼で構えたまま、微動だにしていなかった。

幾度となくフェイントを交えて攻撃したが、あの魔獣はその全てを受けるないしは避けきった。

その上、今もこちらの様子を注意深く探っている。

恐らくはかなり高い知能を持っているに違いない、とラウラは息を呑んだ。

ラウラの動きに反応し、確実に学習し続けているからだ。

それを裏付けるかのように、ラウラの身体には、避けきれなくなってできた幾つかの傷が、じんわりと滲み出ていた。

もっとも、それはラウラの方も同じだった。

少しずつだが、あの魔獣の動きが分かるようになってきたのだ。

ゆえに、魔獣の身体にも、ラウラの攻撃による傷が幾つか刻まれていた。

実力はほぼ互角と言っていいだろう。

ラウラが魔獣を倒すのが先か、それともラウラが魔獣に倒されるのが先か。

緊迫したやり取りが続いていた。

ラウラがそのような状態であるように、

「……めんどくさいな」

フィーもまた、大剣を握り、ため息混じりに正面を睨んでいた。

元来のフィーならば、あのちょこまかと逃げ回る魔獣でも、追いつき、難なく屠ることが出来ただろう。

しかし今のフィーにそれは難しかった。

武器に振り回されないようにしつつ、なんとか腰を使って剣を振り、反動などで避けたりはしているが、それもそろそろ限界だ。

次第に攻撃を受ける回数も多くなってきたし、このままではじり貧になる。

ならばこの辺りで決着をつけなければ――。

「――っ」

フィーは静かに息を吐き、大剣を右腰に構えた。

右の薙ぎか、はたまた右の斬り上げか。

どちらにしろ、〝右〟からの攻撃を仕掛ける気だ。

「――」

フィーがこの一撃に全てを懸けることを察したのだろう。

魔獣も体勢を低くし、右腕を引き、左腕を前に出した。

と。

「キュギィッ！」

咆えながら、魔獣が突っ込んでくる。

左腕から棘を飛ばして注意を逸らさせ、体勢の崩れたところを、右の爪で一気に掻っ切るつもりだ。

だがそれはフィーも重々承知だった。

全力の一撃を見舞うため、かかとはしっかりと地を踏みしめている。

それを見越して、魔獣はあの手段に出たのだろう。

今から避けるのは遅い。

かと言って、剣を手放せば決定打に欠ける。

であれば、方法は一つ――〝弾く〟しかないからだ。

剣を振り抜き、再び戻すまでの間にケリをつける――それが魔獣の狙いに違いない。

されど――そもそもフィーに避けるつもりはなかった。

「――せーのっ！」

歯を食い縛り、フィーは全力で大剣を振り抜く。

――途中で握った手を放して。

「――キギャッ⁉」

そう、フィーの狙いは〝薙ぎ〟でも〝斬り上げ〟でもなく――〝投擲〟だったのだ。

遠心力を味方につけた大剣は、魔獣の放った棘を全て弾き、一直線に魔獣の元へと飛んだ。

さすがにこの攻撃は想定していなかったと見え、魔獣は驚いたような表情で、すかさず身を滑り込ませるように反らした。

まさに間一髪。

両腕の爪を吹き飛ばされながらも、魔獣はぎりぎりで大剣の下へと潜り込んだ。

が、次に魔獣の眼前に飛び込んできたのは、

「……おまけ！」

「――っ⁉」

間髪容れずに追撃を放ってきた、ナイフを握るフィーの拳だった。

「ぬぐっ⁉」

魔獣の不意打ちを受けたラウラは、地に倒され、馬乗りになられていた。

喉元めがけて振り下ろされた爪を、ラウラは両手で懸命に受け止める。

――誤算だった。

まさか武器を投擲してくるとは……っ。

そして投擲に合わせるかのようなこの追撃と、迷わず急所を狙ってくる手際の良さ。

本当にこれが魔獣の戦い方なのだろうか。

「ぐ……っ」

戦いの中、ラウラはまるで〝対人戦闘に特化した武人〟とでも、戦っているかのような既視感を覚えていた。

双銃剣は先の投擲で弾かれ、両方とも数メートル先まで飛ばされている。

言わずもがな、体重は魔獣が上。

圧倒的に不利な状況だった。

だが諦めない――諦めるわけにはいかない！

「舐めるなっ！」

「――っ!?」

ラウラは受け止めていた両手を一気に引き、首の横すれすれに爪を突かせると、すかさず渾身の拳を魔獣の顔に叩き込んだ。

「ギギャッ!?」

悲鳴を上げながら上体を反らした魔獣に、ラウラはここぞとばかりに追撃を仕掛ける。

背筋と脚力を全開にし、飛び跳ねるように魔獣を退けたラウラは、魔獣が体勢を整える前にこれを組み伏せる。

今度はラウラが馬乗りになる番だった。

この魔獣の学習速度は驚愕に値する。

ゆえに、ラウラは双銃剣を取りに行くより、ここで仕留めるべきだと判断したのだ。

「――っ!?」

眼前に手をかざしてきたラウラの姿に、魔獣が絶句する。

次いでラウラの周囲を緑色のオーラ――〝導力〟が揺らめいた。

――〝アーツ〟だ。

アーツはARCUSなどの戦術オーブメントに装着された七耀石の結晶回路――つまりは〝クオーツ〟を使用して放たれる導力式の魔法である。

文字通り〝導力魔法〟と呼ばれるこのシステムだが、ARCUSの場合は、ここに〝マスタークオーツ〟を核とし、その属性を基礎とする新たな機能が搭載されている。

ラウラ本来のマスタークオーツは、〝火〟の属性である《ブレイブ》であるが、これは〝水〟の属性とも相性がいいため、入れ替わる前は〝ティア〟などの治癒系クオーツを併用していた。

もちろん現在はフィーの身体ゆえ、〝風〟の属性と相性のいい、彼女のマスタークオーツ

――〝時〟属性の《レイヴン》を装備している。

ラウラの右手に風の渦が集束し、次第に強さを増していく。

――〝エアストライク〟。

風のアーツで最も威力の低い初級の技だが、攻撃系での発動は最速。

しかも互いに消耗した現状で、いかんせんこの近距離である。

倒せずとも、致命傷を与えるには十分であろう。

「食らえっ！」

「ギッ⁉」

ラウラの手から風の奔流が放たれたのは、直後のことだった。

「……はあ……はあ……」

肩で大きく息をし、地に片膝を突くのは、左頬に走った傷から、真っ赤な鮮血を垂らすリィンだった。

鋭く見つめるその視線の先では、件の魔獣が大の字で倒れている。

……危なかった。

一瞬の隙を突かれ、魔獣が骨による刺突を繰り出してきたのだ。

が、それだけではない。

――〝クロノドライブ〟。

〝時〟属性の――自身の速度を向上させるアーツをも併用し、加速を重ねての特攻だった。

「――ぐっ⁉」

右の手首にずきりと鈍痛が走り、リィンは堪らず顔をしかめた。

あの瞬間、弓での反撃が間に合わないと判断したリィンは、弓を捨て、八葉一刀流に伝わる八の型――《無手》によるカウンターで、〝後の先〟を狙ったのである。

《無手》は、なんらかの理由で太刀を失った際に使用する型だが、リィンはこれを師である《剣仙》――ユン・カーファイによって、徹底的に叩き込まれていた。

当然であろう。

剣士を倒したければ、剣を奪うのが手っ取り早い。

もちろんそうなる前に倒すのが、リィンを始めとした〝剣士〟というものである。

しかし剣士だからこそ、最も危惧しなければならないのは、〝剣に頼る戦い方〟だ。

この世に〝絶対〟はあり得ない。

必ず剣がある状況下で戦えるとは限らないのだ。

ゆえに、ユン・カーファイは素手による戦い方を、リィンの骨の髄にまでしっかりと叩き込んだのだろう。

――どんな状況に陥っても、必ず光明を見出せるように。


そしてその教えが今まさに功を成していた。

アリサの身体である以上、本来の威力は発揮出来ていないし、反動で身体中の骨が軋む上、手首も痛めてしまった。

されど、クロノドライブで加速し、かつ刺突を躱され、伸びきった胴への掌打は、いかな魔獣の外皮と言えど、そう易々と衝撃を吸収出来るものではない。

その証拠に、魔獣は先ほどからぴくりとも動いてはいなかった。

気を失っているのだろうか。

一般的に、生命活動を停止した魔獣は、命の火が消えるかのように、自身の身体を消滅させる。

消滅の際、七耀石の欠片――〝セピス〟が残るのは、魔獣がこれを好む性質を持っているからだと言われている。

これらの現象が確認されて、初めて〝魔獣の討伐〟は完了するのだが、やつの姿は未だに消えてはいない。

ならば……、と疲弊した身体に鞭を打ち、リィンは弓を拾って魔獣の元へと赴く。

「……」

弓を引きながら距離を縮めるも、魔獣に動く気配はない。

リィン自身、無駄な殺生はしたくなかったが、このまま見逃して皆を捜すのは、さすがにリスクが高い。

何故なら、この魔獣は通常よりも賢く、〝戦術〟を組んで挑んできたからだ。

もし次に対峙することがあれば、この魔獣は今この瞬間よりも、遥かに強大な力を身につけていることだろう。

その時にリィンが勝てる保証はどこにもない。

倒せる時に倒しておかなければ、後に最悪の事態を招く可能性もあるのだ。

「……すまない」

リィンは小さくそう告げ、横たわる魔獣へと狙いをつけた。

ぼんやりとした意識の中、アリサの目に映ったのは、自分に向けて棘を放とうとしている魔獣の姿だった。

クロノドライブを使用し、完全に隙を突く形で攻撃したにもかかわらず、この魔獣はそれすらも躱し、あろうことか武術のような拳で反撃してきた。

どこか通常とは違うと思っていたが、まさかここまでの強敵だったとは……。

これが〝試練〟……、とアリサは心の中で呟く。

しかしそれももう終わりだ。

渾身の一撃が外れた上、強烈なカウンターを受けたこの身は、すでに指一本とて動かすことは叶わなかった。

リィンの身体がと言うよりは、アリサの心の方が困憊《こんぱい》していたからだ。

せめて元の身体だったならば、まだ希望はあったかもしれない。

もっとも、それは都合のいい言い訳だろう。

今さら言っても仕方のないことだ。

ふっ、と自嘲の笑みを浮かべ、アリサは一人思う。


——こんなことなら、もっと素直になっておけばよかった、と。


脳裏に浮かぶリィンの姿に、アリサの頬を涙が伝う。

最後にリィンと触れ合ったのは、ここに来る前に弓を教えていた時のことだっただろうか。

狩りの際に少しだけ使ったと言っていたし、確かに筋もよかった。

でもやはり辿々しくて、それが妙におかしかった。

そういえば、あんな姿を前にも見たような気がする。

あれは——そう、シャロンに弓を習っていた時のことだ。

フォームが大事だと教えられ、鏡を前にして練習したことがあった。

『お嬢さま、弓はきちんと立てませんと』

『わ、分かってるわよっ。う、う～んっ！』

『ふふ、一生懸命なお嬢さまの表情も愛らしいですわ』

（最初は弓を引くのも一苦労だったな……）

急に懐かしくなり、アリサの胸元がほのかに温かくなる。

何度も反復練習を重ね、次第に様にはなってきたが、それでもやはり命中率は上がらず、日々頭を悩ませていた――そんな幼き日の自分。

どうして今になってこんなことを思い出すのだろう。

これが俗に言う〝走馬燈〟と呼ばれる現象なのだろうか。

「……」

その時だ。

ふと眼前の魔獣の姿に、過去のアリサの姿が重なった。

思い返せば、この魔獣も幼き日のアリサ同様、遠距離攻撃の方はあまり上手くはなかった。

もちろんアリサに接近戦の心得は、護身用に習った程度のものしかない。

だから正確に判断することは出来ないし、なんの確証もない。

けれど、あの武術のような技を含めても、アリサにはこの魔獣が、近距離よりも、むしろ遠距離の方に重きを置いているように思えていた。

だからこそ、過去の未熟なアリサの姿が重なったのだろう。

でもそれゆえに――どこか噛み合わない。

何かが不自然でならない。

何故これだけの近接技を秘めていながら、遠距離攻撃に固執する必要があるのだろうか。

まるでそうしなければならないかのように。


「……」

……そうしなければならない？


……何故？

近距離の心得があるのに、遠距離を重視する理由はなんなのか。

この空間にいるのはアリサ一人だけだ。

しかも今はリィンの身体――使うのは太刀。

つまりは――近接型。

なのにどうして？

何故接近戦を仕掛けないのか。

未熟な遠距離攻撃よりも、遥かに勝算があるはずだ。

もしかして――仕掛けられないのか。

どうして？

それではまるでアリサのようではないか。

遠距離の心得があるのに――入れ替わってしまったおかげで、近距離を重視せねばならないアリサのようではないか。


「――」


ああ、そうか。

そうだったのか。

だからこんなにも強いのだ。

どうりでアリサが勝てないはずだ。

だってこの魔獣は――いや、この人は……。

胸に秘めた思いを全て吐き出すかのように、アリサは精一杯〝彼〟の名を呼んだ。

「――〝リィン〟！」

「……」

何故弓を引く手が止まったのか、リィンには分からなかった。

ただこの魔獣を射ってはいけない気が――射ってしまえば、大切な何かを永遠に失う気がしたのだ。

それがなんなのかは分からない。

だが分からないからこそ――不安だからこそ、寸前で手を止めることが出来たのだろう。

リィンは弓を下ろし、魔獣に近づく。

何故だろうか。

先ほどまであれだけ争っていた間柄なのに、今は不思議と近寄っても平気のような気がしていた。

「……キュギィッ……キュギィッ……」

魔獣は消え入りそうな声で鳴いている。

何かを訴えたいのだろうか。

リィンは傍らに膝を突き、魔獣の顔を覗き込む。

――穏やかな顔だった。

もちろん魔獣の表情など分かるはずもない。

しかしリィンには、魔獣がそういう顔をしているという確信があった。

理由は分からないが、そう思えて仕方がないのだ。

「……大丈夫か？」

そう魔獣の顔を優しく撫でながら、語りかけた時のことだ。

意識したわけではない。

何故その〝名〟が出たのかも分からない。

が、リィンの口からは、大切な仲間の名が飛び出していた。


……アリサ、と。


〝彼女〟の名を口にした時、リィンは全てを悟った。

この魔獣が通常とは異なるわけを。

そして魔獣が穏やかな顔をしていた理由を。

何故ならこの魔獣は、リィンとともに多くの困難を乗り越えてきた――〝大事な人〟だったからだ。

「――〝アリサ〟！」

再び〝彼女〟の名を叫んだ時——〝世界〟に亀裂が走った。

数メートル先で響く衝撃音と、前腕及び鳩尾に走る疼痛。

殴られた腹部を押さえながら、ラウラは歯を食い縛っていた。

言わずもがな、ラウラにそのような仕打ちを施したのは、同じく疲弊の色が窺える、件の魔獣だった。

エアストライクが放たれる瞬間、魔獣は下からの突き上げでラウラの腕をはね除け、腹筋を使って上体を起こすと同時に、がら空きの胴へ一撃を見舞ったのだ。

その後、脱兎の如く距離を取った魔獣は、自らの武器を拾うこともなく、じっとラウラを見つめていたかと思えば、

「——」

——徒手空拳で〝構え〟を取った。


「……ぬっ？」

突然のことに、一瞬呆けてしまったラウラだったが、ふっと口元を緩め、

「……面白い」

そう呟いて、同じく無手で構えた。

八葉一刀流ほどではないが、ラウラのアルゼイド流にも、やはり剣を失った際に備え、徒手空拳の心得は存在する。

と言うより、アルゼイド流自体、ラウラの大剣や、《光の剣匠》と名高いラウラの父――ヴィクター・S・アルゼイドのイメージから、剣術だけだと思われがちだが、剣術の他、槍術や弓術などにも精通しているのだ。

互いに構え、隙を窺い合うこの状況に、ラウラは「本当に人間のようだな……」と笑みすら浮かべていた。

と。

「――っ！」

同タイミングで両者は駆けた。

ラウラと魔獣――その二つの音だけが響くこの世界で、彼女らは互いを倒すためだけに拳を振るう。

「はっ！」

「ギャッ！」

ラウラの拳を、魔獣は流れに逆らわないでいなした後――それを巻き込むかのように背負い投げた。

「ぐっ⁉　なんの！」

しかしそれは拳をいなされた時に予想済みだ。

ラウラは空中で身体を捻り、着地と同時に再び駆ける。

「てやっ！」

「ギッ！」

再度ラウラが拳を放つも、魔獣は右腕でそれを捌き、お返しとばかりに左の拳を繰り出す。

「しゅっ！」

だが今度はラウラが弾く番だった。

魔獣の拳を掌打で打ち落とし、肉薄しての肘。

「キウッ！」

「ぐっ⁉」

が、魔獣は上体を反らして肘を躱し、反動で繰り出した膝が、ラウラの鳩尾に突き刺さる。

「はっ！」

されど、ラウラがただでやられるはずもない。

肘から伸びた裏拳が、魔獣の頬を峻烈に薙いだ。

「ゲギッ⁉」

やはり実力はほぼ互角。

後は気力の——いや、〝勝ちたい〟と思う〝気持ち〟の戦いだった。

「はあっ！」

「ギギャアッ！」

交差する拳。

「ていっ！」

「ギュッ⁉」

一方が殴れば、

「キュギャッ！」

「うぐっ⁉」

もう一方に殴られ、

「このっ！」

「ギュギ……ッ」

再び蹴りを見舞えば、

「ギャッ！」

「ぐふっ……ぐっ」

因果が如く蹴り返される。

「……はあ……はあ……」

「……キュギ……ギ……」

そうして続いた永劫にも思える時間も、いよいよ終わりを迎えようとしていた。

息も途絶え途絶えに、地に膝を突く両者の手に握られたのは、各々が所持していた得物だ。

偶然の産物か、はたまた必然なのか。

弾かれ合い、互いが着地した場所に、それらが待ち構えるかの如く鎮座していたのである。

互いに振れる力はあと一撃。

これで——全てを決める！

「——っ！」

駆け出したのは同時。

ラウラは腕をクロスさせた十字斬り。

対する魔獣は袈裟狙いの上段。

「はああああああああああああっ！」

咆哮。

「キュギィッ！」

魔獣が得物を振り下ろした瞬間、ラウラは身を極限まで屈め、その一撃を潜るように躱すと同時に、やつの背後へと駆け抜ける。

「ぐうっ⁉」

全身を軋ませながらの踏ん張り。

「届けえええええええええええええっ！」

すぐさま身体を捻り、左の刺突を魔獣の背へと放つ。

が。

「キギャアッ！」

「何っ⁉」

魔獣はそれにすら対応した。

袈裟に振り下ろした遠心力を使い、ラウラ同様身体を捻って、彼女の左脇腹へと、得物を誘導させたのだ。

「……」

この軌道と速さではもう防げない。

そう覚悟したラウラの心は、いつの間にか静けさを取り戻していた。

ラウラの突きも、このまま行けば魔獣の喉を貫くだろう。

これが死の淵に感じるという時間の遅延であろうか。

ラウラには、世界が酷くゆっくり進んでいるように見えた。

最中、ラウラの心に過ぎったのは、彼女と身体が入れ替わった少女――フィーのことだった。

今のラウラはフィーの身体を有している。

つまりラウラの死は、フィーの肉体が死ぬことを意味しているのだ。
それに対し、ラウラはただただ申し訳なく思っていた。
出来ることなら、このような最期を遂げる未熟な自分の頬を殴ってやりたい、と。

「――」

そういえば、この魔獣はどこかラウラに似ていた気がする。
身長もさることながら、使う得物や、その大きさまでも。
ならばこれはラウラ自身による、彼女への贖罪だったのだろうか。
どこか辿々しい武器の扱い方も、未熟なラウラへの戒めだったのだろうか。
なんともおかしな話だ。
未熟なラウラの姿など、入れ替わってからずっと見ていたというのに。

「……」

……入れ替わってからずっと見ていた？

そこでラウラはふといくつかの疑問を覚えていた。
何故この空間にラウラと魔獣だけが取り残されたのか。
何故魔獣の戦い方が通常とは異なっていたのか。

何故魔獣をラウラに似ていると思ったのか。

そして何故魔獣の武器の使い方を見ていて――入れ替わったフィーを思い浮かべたのか。

「――っ！」

その瞬間、ラウラの脳内に確証のない――しかしそうだと頷ける一つの〝答え〟が浮かび上がり、ラウラは〝彼女〟の名を精一杯声に出した。

「――〝フィー〟！」

魔獣のエアストライクを間一髪で弾いた後、距離を取ったフィーは、己の心に従い、ある〝試み〟を行った。

そう――〝徒手空拳〟で戦ったことだ。

確証があったわけではない。

だがあの魔獣ならば、必ず誘いに乗ってくれる――そんな気がしたのだ。

事実、魔獣はフィー同様、無手で構え、向かってきた。

それだけではない。

魔獣はフィーと同等か、それ以上に高度な〝素手による接近戦〟を行った。

フィーの戦い方は、猟兵として生き抜くため、実戦の中で磨かれてきたものだ。

言わば、対人戦に特化した殺人術。

にもかかわらず、この魔獣はそれに対応した。

もちろん今までこの戦い方で魔獣を屠ってきたし、〝対人〟を想定している以上、通じ辛かった相手もいる。

ゆえに、どうすれば最短で倒せるかを考え、魔獣用に改良も行ってきた。

でも元が〝対人特化〟であることに変わりはない。

それをああも見事に防がれたのだ。

強固な外皮で受けるのではなく、捌き、躱すことを重視して。

そんなことが出来るのは、フィーと同じ猟兵出身の者か、

もしくは――〝かなりの腕前を持つ武人〟だけだ。

フィーと実力の拮抗した武人。

そう考えた時、脳裏に浮かんだのは、フィーと同じ《Ⅶ組》に在籍する、一人の少女だった。

――ラウラ・S・アルゼイド。

〝帝国最強〟と言っても過言ではない剣士――《光の剣匠》の息女にして、フィーとは胸のうちをぶつけ合った間柄であり、そして今まさに精神が入れ替わっている相手だ。

地下五層に現れた〝扉〟は、〝試練〟という言葉をサラに告げたという。

ならば今フィーが置かれているこの状況は、〝試練〟の真っ最中ということだ。

一緒に来たはずの仲間たちが消え、代わりに一体の魔獣が現れた。

しかもその魔獣は、フィーと同等の実力を持っており、速度重視の近距離攻撃と、遠距離攻撃を合わせ、かつ武術の心得があるかのような戦い方をしてきた。

――まるで入れ替わったフィーの身体で戦うラウラのように。


「――」


よもやその事実に気づいたのが、魔獣の――いや、〝彼女〟の胴を〝彼女〟自身の剣で両断する寸前になろうとは……。

もっと早く気づいていれば、このような結末を迎えることもなかったのに……、とフィーは悔しく思った。

だがさすがと言うべきか。

〝彼女〟の一撃もまた、フィーの喉を貫く軌道だ。

喉を突かれれば、二度と〝彼女〟の名を呼ぶことは叶わないだろう。

だったらせめて最後にもう一度だけ、〝彼女〟の名を口にしておきたい。

この手で命を絶ってしまうことになる――最も頼れる友の名を。

フィーは贖罪するかのように、〝彼女〟の名を叫ぶ。

「――〝ラウラ〟！」

その瞬間――〝世界〟が割れた。


砕け散った破片はすぐさま塵となって消え、リィンの目に映ったのは、サラの待つ最奥の間に酷似した、薄暗い広間だった。

やはり幻だったのか――いや、あれもまた現実だったのだろう。

ずきずきと痛みの残る腹部を擦りながら、リィンはふとそんなことを思う。

「……あれ？」

が、そこでリィンはあることに気がついた。

先ほどまであった胸部の膨らみや、身体全体の丸みがなくなった上、声質も低くなっていたのだ。

慌てて確認すれば、右手に馴染みのある太刀を握っていた。

「元に……戻ったのか？　――ふっ！」

　ぶんっ、と試すように剣を振れば、何千何万回と続けてきた感触が身体を伝った。

　間違うはずもない。

　リィン本来の持つ――力強い感覚だ。

「ははっ……」

　思わず笑みのこぼれたリィンの耳朶に、聞き慣れた声が届く。

「リィン！　無事だったのね!?」

「……アリサ？　それにラウラとフィーも……」

　見れば、リィン同様に傷ついたアリサの後ろには、彼ら以上にずたぼろの少女が二人――やれやれといった表情で佇んでいた。

「うむ、どうやら元に戻れたようだな。さすがに今度ばかりは死を覚悟したぞ」

「……だね。結構やばかったかも」

　嘆息する二人の様子に、リィンも彼女らの苦難を慮っていた。

　リィンとアリサがあの状況だったのだ。

　恐らくはラウラたちも、互いが魔獣だと錯覚し、拳を交えていたのだろう。

　実力の拮抗した二人のことだ。

　相打ちになったとしてもおかしくはないほど、激しい戦いだったに違いない。

「……」

だがそれよりも、今気にしなければならないのは、リィンと身体の入れ替わっていたアリサのことだ。

知らなかったとはいえ、リィンは本気でアリサを手にかけようとしていたのだから。

「……すまない、アリサ。俺は……」

俯くリィンに、アリサは「ううん、いいの」と微笑みながら首を横に振る。

「リィンの気にすることじゃないわ。そういう〝試練〟だったのだから」

「だが俺は、もう少しで取り返しのつかないことをしてしまうところだった……」

「それは私も同じよ。万が一あの突きが当たっていたらと考えると、今でも震えが止まらなくなるわ。でもあなたはちゃんと私だと気づいてくれた。それだけで今は十分よ」

「……っ」

にこり、と笑ってくれるアリサに、リィンは堪らず後ろを振り向き、荒っぽく涙を拭った。

そして再び振り向いた後、リィンは力強い眼差しをアリサに向け、告げる。

「――ありがとう、アリサ」

「ふふ、どういたしまして」

互いに相好を崩せば、「良い雰囲気のところに申しわけないのだが……」とラウラが割って入ってきた。

「べ、別に良い雰囲気でもなんでもないわ。そ、そうよね？　リィン」

「あ、ああ……」

「ふむ？　まあそなたらがそう言うのであればよいのだが……。それより〝あれ〟をどう考える？」

「あれ？」

　ラウラの指をアリサが追えば、広間の奥にそびえる〝赤い壁〟が目に入った。

　いや、壁ではない。

　あれは――そう、〝扉〟だ。

　第四層と、そして第五層に現れた〝扉〟と同種であろう、〝赤い扉〟だったのだ。

「ま、また〝扉〟!?　一体いくつあるのよ!?」

「さすがにあれで最後だと思いたいが……。しかしこの気配は……」とリィン。

「……ん。凄い殺気だね」

「うむ。だが〝試練〟とはいえ、我らにこれほどの仕打ちをしたのだ。一歩間違えれば、自らの手で大切な仲間を殺めていたかもしれぬ。その報いは受けてもらわねばな」

　ラウラが不敵に言えば、「同感ね」とアリサも首肯する。

「なんの〝試練〟かは知らないけれど、年頃の女の子を男の子と入れ替えるなんて最低よ。万死に値するわ」

「いや、何もそこまでしなくても……」

リィンが戸惑ったようにそう言うと、「……まあリィンは男の子だしね」とフィーに突っ込まれた。

「……実は嬉しかったり？」

「そんなわけないだろ……。俺は」

「リ、ィ、ン？」

「い、いや、だから俺は別にやましいことはだな……」

アリサに笑顔で凄まれ、リィンは背に冷や汗を掻いていた。

「……でもラウラたちの言うとおり、わたしも〝お礼〟は必要だと思う」

「フィー、そなた……」

「……ん。仲間を傷つけたのは許さない」

「そうだな。俺も皆の意見には賛成だ。何か意図があるのだとは思うが、ラウラの言うように、もう少しで俺は大切な人を――アリサをこの手にかけるところだった」

「リィン……」

頬に朱の散ったアリサと目が合い、リィンは静かに頷く。

「たとえそれが俺たちの乗り越えるべき〝試練〟だったとしても、仲間に刃を向けさせた償いは、しっかりとさせてもらうつもりだ」

「ええ」

「うむ、同感だ」

「……だね」

全員の意見が一致し、一同は揃って新たな〝扉〟へと視線をぶつける。

リィンたちの思いを知ってか知らずか、〝扉〟は殺気をそのままに、静寂を保ち続けていた。

「しかしこれだけの殺気だ。あの向こうに潜む者を相手にするのならば、回復だけは万全にしておいた方がよいだろう」

「ああ」

頷き、リィンたちは治癒系のアーツやアイテム類を駆使し、出来るだけの回復を行う。

「……」

その中で、アリサの頬が綺麗に治ったことを確認したリィンは、一人ほっと胸を撫で下ろしていた。

女の子の顔に傷が残るようなことにだけは、絶対になって欲しくなかったからだ。

そもそも頭部への攻撃自体を躱せていれば、こんなにも悔やむことはなかったのだが、それだけ鋭い――〝全霊の一撃〟だったということだ。

アリサの実力に感嘆しつつ、リィンはもし傷が残ってしまった場合、どう責任を取ればよいのかと考えていた。

アリサが許してくれるまで、自分の身を捧げ続けることすら、リィンは覚悟していた。

「……あら？」

ふとアリサと視線が重なる。

「どうしたの？　リィン」

「いや、綺麗になってよかったと思ってさ」

「……えっ？　い、いきなり何言ってるのよ!?」

一瞬にして顔が茹で上がったアリサは、慌てふためきながら、身体を抱いて後退る。

「？」

リィンが不思議そうな顔をしていると、フィーが小首を傾げながら言った。

「……夫婦漫才？」

「ち、違うわよ！」

「……じゃあ一人相撲？」

「違う——って、え、えっと……そ、そんなことはないと思うのだけれど……」

ちらり、とリィンの反応を上目で窺えば、

「――ラウラも準備はよさそうだな」

彼はいつの間にか素振りを行うラウラの隣にいた。

「……」

ずーん、と青い顔になるアリサに、フィーはゆっくりと親指を立てて言う。

「……どんまい」

「……はあ。一応、応援の言葉として受け取っておくわ……」

皆の準備が整ったことを確認したリィンが先導し、一同は新たな〝扉〟の前へと進む。

すると、〝扉〟に刻まれた花びらのような文様が、一層輝きを増した。

『――《精神同調ノ試シ》〝第一項〟解除後ノ〝初期化〟ヲ完了』

「――なっ!?」

突如響いた謎の〝声〟に、リィンたちは息を呑むが、〝声〟はさらに響き続ける。

『――精神同調状態ニアル《起動者》候補ノ波形ヲ10あーじゅ以内ニ確認。コレヨリ《精神同調ノ試シ》〝第二項〟ヲ展開スル』

〝声〟がそう告げると、〝扉〟は唸るような音を轟かせながら上にスライドし、その断固として閉ざしていた口を大きく開けた。

『――っ!?』

そうして中から現れたのは、第四層でリィンたちが倒した〝首のない甲冑のような魔獣〟に酷似した、全長五アージュはあろうかという〝赤い巨人〟だった。

右手に握るのは、ラウラの大剣よりも二回りは大きい両刃の剣だ。

「こいつはあの時の……」

「そのようだな。しかしなんという威圧感だ。〝残骸〟は確認していたが、まさかこれほどの相手だったとは……」

「……ん。厄介そう」

ラウラの言うように、リィンたちが第四層で対峙した巨人は、通常の魔獣と違い、倒しても消滅せず、〝残骸〟を残した。

学院長の命を受けたジョルジュが、技術棟で〝残骸〟の解析を行っているが、未だに不明な点が多く、その身体も〝未知の金属〟で出来ているという。

それこそ帝国の伝承に残る、〝妖精〟なる存在が鍛えた金属かもしれないという話だった。

「でもやるしかないわ。せっかく元に戻ったんだもの」

「ああ。こいつを倒して必ず帰ろう！」

太刀を右腰に構えながら、鋭く巨人を睨むリィンに、皆もそれぞれの得物を手に頷く。

「当然よ！　こんなところで負けていられないもの！」

アリサは導力式の弓を、

「右に同じだ。我がアルゼイド流の真髄――しかとその身で味わうがよい！」

ラウラは身の丈ほどもある大剣を、

「……戦闘開始、だね」

そしてフィーは双銃剣を両手に握り、眼前にそびえる巨体へと意識を集中させる。

リィンたちの気概が巨人にも伝わったのだろう。

「――――――――――――ッッ!!」

声にならない雄叫びを上げ、巨人は攻撃力と防御力を向上させる戦技《クラフト》――〝超力招来〟を発動させた。

「――いくぞ、皆っ！」

叱咤するように声を張り上げたリィンに、

「ええ！」「承知！」「Ｊａ《ヤー》！」

皆も力強く答え、ついに最後の〝試練〟が幕を開けた。

六章 —— 試練の終わり

「――〝メルトレイン〟！」

特攻するリィンたちを援護するように、アリサが文字通り矢の雨――《メルトレイン》を浴びせ、

「……排除する」

一拍外してフィーの銃撃――《クリアランス》が正面から巨人を蜂の巣にする。

「――ッ！」

しかし巨人は怯むことなく、左右に回り込んだリィンとラウラに、自らの剣を振り上げた。

「来るぞ、リィン！」

「ああ！」

狙いは巨人から見て右側――つまりは剣に最も近しいところを駆けるリィンだ。

《超力招来》で攻撃力を増加させた渾身の一撃が、リィンを無慈悲に襲う。

「――はっ！」

「――ッ!?」

が、リィンは直前で《クロノドライブ》を使用し、加速してこれを躱した。

巨人の剣が地面を削り、噴煙が立ち上る。

元来なら攻撃を仕掛ける前に、自分のみならず、範囲内の仲間たちに対して使用する補助アーツであるが、アリサとの戦いでヒントを得たリィンは、これで隙が作れないかと考えたので

ある。

　リィンへの攻撃が不発に終わった巨人は、すぐに体勢を立て直そうとするが、

「――遅い！　こおおおおおおっ！」

　背後に回り込んだラウラが、《洸翼陣》でアーツに関する攻撃力と防御力を犠牲に、物理攻撃力と防御力を向上させ、巨人に飛びかかる。

「砕け散れっ！」

「――ッッ⁉」

《鉄砕刃》一閃――巨人の背に亀裂が走った。

「フィー！」

「Ja《ヤー》！」

　ラウラに合わせるように、「……せーの！」とフィーが双銃剣を十字に構え――特攻。

《鉄砕刃》で防御力を下げられた巨人の左脇腹へと、フィーの十字斬りが炸裂する。

「やあっ！」

　だがそれだけでは終わらない。

　間髪容れずに襲うのは、《クリアランス》を彷彿とさせる銃撃の嵐。

そう、この《リミットサイクロン》は、十字斬りの《スカッドリッパー》と、銃撃の《クリアランス》を組み合わせたような戦技《クラフト》だったのだ。

もちろんただ組み合わせただけではない。

「……とどめっ」

銃撃の終わりに待っていたのは、まさに〝とどめの一撃〟とも言うべき特大の一発。

膨れ上がった導力が弾け、一直線に巨人へと向かっていく。

通常の魔獣ならば、この連携攻撃で本当に終わっていたことだろう。

されど――ここにいるのは〝扉〟の向こう側から現れた、〝暗黒時代の産物〟とも言える魔獣だ。

「――ッ！」

『――なっ⁉』

突如轟いた電光が、フィーの一撃を文字通り打ち消した。

リィンたちが目を見開いたのも束の間、巨人がフィーに向けて剣を突き出す。

「あぐっ⁉」

瞬間、フィーの身体を稲妻が駆け抜けた。

――《雷招来》。

第四層の巨人も使ってきた、〝雷〟属性のアーツだが、あの時とは威力が桁違いだった。

「フィー!?　――ぐあっ!?」

フィーの名を叫ぶラウラだが、直後に巨人の横薙ぎが襲い、剣で受けるも、弾き飛ばされてしまう。

「ラウラ!?　――アリサ、二人を頼む！」

「分かったわ！」

「――ッ！」

頷くと同時に駆けたアリサへと、巨人が狙いを付ける。

咆え、リィンは多方向から高速の斬撃を見舞う。

「させるかっ！　二の型――〝疾風〟っ！」

《疾風》は斬撃の威力を残しつつも、それでいて速度を重視した技だ。

従来は多勢に対して使用――斬りつけると同時に駆け抜けながら、別の敵を斬る技だが、対象がこれだけ巨体であれば、戻るインターバルを考えても、十分対応出来るだろう。

しかしリィン自身、これで倒せるとは微塵も思っていなかった。

言わずもがな、この巨人は強敵だ。

本来の身体に戻ったばかりであるということを除いても、恐らくは一人で勝てるような相手ではないだろう。

そもそも一人で勝てるような相手ならば、〝試練〟として用意されるはずがないからだ。

ゆえに、これはただの目眩まし――皆が戻ってくるまでの〝時間稼ぎ〟に過ぎなかったのだ。

「はあっ！　てやっ！」

斬りつけては駆け抜け、舞い戻って斬りつけては、撹乱するように駆け抜け続ける。

「二人とも、頑張って！」

「……サンクス」

「……すまぬ」

その間に、アリサは二人に治癒系の戦技《クラフト》――《セントアライブ》を施していた。

彼女たちのダメージ量を鑑みれば、ティアラルなど、回復量の多い治癒系のアーツを使用した方がいいのだが、リィン一人に任せている以上、なるべく早く彼女らを戦線に復帰させなければならない。

ということを考えれば、アーツよりも発動が早く、さらには〝範囲内の仲間を癒す〟という効果を持っている《セントアライブ》の方が、色々と都合がよかったのだ。

焦燥感を募らせながら、三人は一人戦い続けるリィンを見守る。

「――ッ⁉　――ッ！」

「くっ⁉」

だが何度も同じことを繰り返していれば、巨人とて目が慣れてくるものだ。

最初こそ戸惑っていたが、そこまでの脅威でないと判断したのだろう。

巨人も受けることを前提としたのか、ついには一切臆せず泰然自若とし始めた。

「くそっ⁉」

そうなると、分が悪いのはリィンの方だ。

致命傷とならない攻撃だと知れてしまえば、撹乱などなんの意味も持たないのだから。

「皆っ⁉」

『――っ⁉』

リィンの攻撃をものともせず、巨人は回復中のアリサたちの方へと歩を進める。

見た感じ、動けるまでは、まだもう少しだけかかりそうだった。

――ここで巨人を行かせるわけにはいかない！

「燃え盛れ！」

リィンの太刀を炎が包む。

――《業炎撃》。

フィーの《リミットサイクロン》に勝るとも劣らぬ高火力の技だ。

「――ッッ！」

巨人も並々ならぬリィンの気迫を感じ取ったのだろう。

踏み出す足を止め、飛びかかるリィンの《業炎撃》を真正面から迎え撃った。

「──滅ッ！」

リィンの太刀と巨人の剣がぶつかり、火花と衝撃波が巻き起こる。

「──なっ⁉」

最中、リィンは絶句する。

先ほどラウラたちが刻んだ巨人の傷が、徐々に修復されていたからだ。

──〝自己再生能力〟。

これだけの防御力を誇っていながら、さらには再生能力まで兼ね備えていたとは……。

「……っ」

リィンは歯を噛み締めながら、考えを巡らせる。

ならばこれを打ち破るには、再生が追いつかないほどの高火力で、一気に叩き潰すしかない、と。

それが出来るのは、個々人の持つ最大最強の奥義──〝Sクラフト〟だけだ、と。

ダメージが再生する前に、四人のSクラフトを連続で叩き込む──それしかない！

「──っ」

攻撃を仕掛けながら皆に目配せすれば、全員がその結論に行き着いたのだろう。

『──』

三人は無言でこくりと頷いた。

「――せいやっ！」

そうと決まれば話は早い。

後は皆がSクラフトを叩き込める隙を作るだけだ。

リィンは《業炎撃》の突撃から一転――力を抜き、巨人の剣に弾かれるように宙を舞いつつ、空中で飛ぶ斬撃――《弧影斬》を放つ。

「――ッ！　――ッ⁉」

巨人はこれを左拳で掻き消すが、リィンに合わせたアリサの炎の矢――《フランベルジュ》が、剣を振り切ったことで伸びた、右の肘関節へと突き刺さる。

「「――っ！」」

一瞬だけ動きの鈍った巨人に、ラウラとフィーは互いに頷き――駆けた。

瞬間――二人のARCUSが赤く輝いた。

それは不思議な現象だった。

簡易的な治癒を受けたとはいえ、未だにダメージが残っていたはずなのに、それが一瞬のうちに消えたかと思えば、身体中に力が充ち満ちてきたのだ。

――いける！

そうラウラとフィーは確信する。

フィーの《クロノドライブ》で速度を上げた両者は、巨人の真正面から特攻を仕掛ける。

「……ほいっと」

「――ッ⁉」

途中、フィーは空中に閃光弾――《Fグレネード》を投げ、辺りを目映い輝きが包んだ。

首がない以上、目を潰すことは出来ないだろう。

だがそれでいい。


――ほんの少しだけ注意を〝上〟に逸らせられれば十分だ。


「――せいやあっ！」

「――ッッ⁉」

再び背後に回り込んでいたラウラの回転斬り――《洸円牙》が、巨人の両膝裏を刈り取るように薙ぐ。

ぐらりとよろけた巨人が天を仰げば、そこにはすでに双銃剣を十字に構えるフィーの姿があった。

三角飛びで天井近くまで登っていたのだ。

「……行くよ」

呟くようにそう告げ、フィーは天井を蹴る。

重力の力を借り、流れ星が如く放たれた《スカッドリッパー》を受け、ついに巨人は地に転がった。

「――――ッッ!??」

即座に起き上がろうとする巨人だったが、

「逃がさないわ――〝メルトレイン〟！」

降り注ぐ矢の雨がそれを阻み――遅らせる。

「今よ、二人とも！」

「承知！」「Ｊａ《ヤー》！」

アリサが足止めしている間に体勢を整えたラウラとフィーは、寸分違わぬタイミングで頷いた。

「アルゼイドの秘剣――とくと見よ！」

ラウラの大剣を白光する導力がけたたましく覆う。

それはまるでとめどなく溢れ出る、泉が如き峻烈の輝きだった。

――〝真・洸刃乱舞〟。

先月の終わりに、彼女の故郷であるレグラムを訪れた際、アルゼイド家の執事――クラウスとの手合わせを経て、一層磨きをかけたラウラの秘奥義だ。

単純な威力ならば、《Ⅶ組》の中でも最高位であろう。

「奥義――〝洸刃乱舞〟！」

「――ッ⁉」

光の剣による袈裟斬り、逆袈裟と続き、そのままの勢いで遠心力を最大に、一回転して左薙ぎが一瞬のうちに放たれ、さらに横薙ぎによって生まれた導力の奔流が、渦を巻いて再び襲いかかる。

怒濤の〝四連続攻撃〟だ。

「……行くよ！」

巨人の鎧が砕け散り、体勢が大きく崩れる中、流水を彷彿とさせる柔らかな動きで、低い構えを取ったフィーは、一筋の閃光となって駆けた。

閃光は不特定多数の方向から次々に押し寄せ、巨人を通過する度にその強固な鎧を打ち砕いていく。

「――ッッ⁉」

「――〝シルフィードダンス〟！」

一瞬で十近い閃光となったフィーは、最後に巨人の懐へと潜り込み、竜巻が如く回転しながら銃を乱射した。

《西風の妖精《シルフィード》》の名に相応しい、華麗で優雅かつ鮮烈な秘奥義である。

「……一丁上がり」

「――――ッッ！」

すっと音もなく着地したフィーの背に、巨人が怒気孕む雄叫びで剣を振り上げる。

「……」

だがフィーはその様子を、いつもの落ち着いた眼差しでちらりと見るだけだった。

「――導力エネルギー充填……っ」

「――ッ⁉」

遅れて巨人も気づいたのだろう。

――すでにアリサがSクラフトを放てる体勢にあったということを。

ラウラたち同様、ＡＲＣＵＳを赤く輝かせながら、アリサは弓の前方に淡く光る導力術式を展開させていた。

「――ッ！」

巨人が《雷招来》で反撃しようとするが――間に合わない。

「これが私の切り札よ！　〝ロゼッタアロー〟！」

アリサが弓を引く手を離した瞬間、術式から出でた数本の光の矢が大気を貫き、巨人の無骨な身体を穿つ。

「――ッッ⁉」

通常の《ロゼッタアロー》ならば、そこで終わっているはずだったのだが、

「――まだ終わってないわ！　もう一発！」

身体中に力が漲る今のアリサには、さらにその〝先〟があった。

術式の中心で導力が集束していたのだ。

「いっけえーっ！」

アリサの咆哮とともに弾けた導力は、彼女の芯の強さを表すかのように真っ直ぐと進み、巨人の持つ剣を真っ二つに叩き折った。

「――――ッッ⁉」

さすがの巨人も、これには驚きを隠せなかったはずだ。

しかし何もおかしいことはない。

――ラウラとフィーが作ってくれた道を、アリサはただ進んだだけなのだから。

彼女らに比べてみれば、秘奥義とは言えど、威力もそこまであるわけではない。

が、それでも皆で力を合わせれば、たとえ暗黒時代の産物たる魔獣であったとしても、打ち砕くことが出来る。

それをアリサは証明したのだ。

『――リィン！』

そして彼女たちは叫ぶ。

この〝試練〟に終わりを告げてくれるであろう、頼れるリーダーの名を。

「――焔よ、我が剣に集え……っ」

ＡＲＣＵＳの輝きにも勝る鮮やかな赤い焔が、リィンの太刀を優しく、しかし激しく包んでいく。

リィンは振りかぶるように大きく構え、大地を蹴って駆けた。

「――ッ⁉」

一撃目――ラウラ同様の袈裟斬り。

「――――ッッ⁉」

二撃目――袈裟で振り下ろされた刃からの左薙ぎ。

「はああああああああああああっっ‼」

そして三撃目――リィンが両手でしっかりと太刀の柄を握れば、

――赤き焔は〝蒼き焔〟へと変貌を遂げた。

「――斬ッッ‼」

「――――――――ッッッッ⁉」

一撃目よりも遙かに強烈な袈裟蹴りが、巨人を両断――二つの柱となって炎上する。

巨人の身体が紫色のもやとなって消滅したのは、直後のことだった。

エピローグ

『――乾杯っ‼』

心地の良い音を響かせながら、各々がグラスに満ちた液体をあおる。

「――っぷはあっ！　この一杯が最高なのよぉ！」

中でも一番美味しそうに飲んでいたのは、《Ⅶ組》の担当教官ことサラだった。

一口で空になってしまったグラスに、クラス委員長のエマが瓶のビールを注ぐ。

「あら、悪いわねぇ」

「いえいえ、サラ教官もお疲れさまでした」

「ありがとう。エマにも見せてあげたかったわ。蝶のように華麗に舞い、蜂のような鋭さで敵を穿つあたしの勇姿を」

したり顔で言うサラに、エマは「あはは……」と苦笑いを浮かべる。

旧校舎の地下第五層に現れた巨人を倒し、〝互いの精神が入れ替わる〟という〝試練〟を見事に乗り越えたリィンたちは、サラとの約束通り、トリスタにある《キルシェ》で、労いの意味を込めたささやかな宴会を行っていた。

メンバーは、今回の騒動に巻き込まれた《Ⅶ組》の面々と、トワやアンゼリカ、ジョルジュといった協力者たち、そして勘違いしたまま走り去ってしまったエリゼだ。

《キルシェ》の一階を貸し切り、皆軽食や菓子を囲んで談笑に耽っていた。

耳を澄ませば、皆の楽しそうな会話が聞こえてくる。

例えば、帝都から帰ってきたら、全てが終わっていたミリアムは、「えー、ボクもユーシスと入れ替わりたかったなー」と頬を膨らませていたが、ユーシスの方は「冗談ではない！」と割と素で嫌がっている様子だった。

「いや、いいんじゃないか？　僕はそれもありだと思うぞ？」

そう不敵な笑みを浮かべるのはマキアスだ。

「ほう？　ならばお前が入れ替わってやれ。ミリアムも喜ぶぞ。そうだろう？」

「うん！　入れ替わってみようよー！」

「い、いや、僕は遠慮しておこう……」

「えー、絶対楽しいのにー」

「おい、ミリアムが残念がっているぞ。大人しく入れ替わってやれ」

「わーい！　ユーシス優しいー！　やっぱりボク、ユーシスと入れ替わるー！」

「何っ⁉」

身体いっぱいに喜びを表現するミリアムに、ユーシスは「馬鹿な⁉」というような表情をしていた。

「ほ、ほら、見たまえ。ミリアムは君をご所望のようだ。期待には応えてやるべきだと思うのだが？」

「阿呆が。所詮は子どもの戯れ言に過ぎん」

「ぶーぶー！　ボクは子どもじゃないもーん！」

「気にするな、ミリアム。この男はただ大人げないだけだ」

「ほう？　それは聞き捨てならんな、マキアス・レーグニッツ」

「何か問題でもあるのか？　ユーシス・アルバレア」

睨み合う二人を、ミリアムは不思議そうに見つめていたのだが、ふいに「あっ」とこう提案した。

「じゃあユーシスとマキアスが入れ替わればー？」

「『冗談じゃない！』」

仲良くハモる二人を尻目に、カウンター席の端に腰かけたリィンは、ふと想像してみる。

リィンの脳内では、「ボク、ユーシス（マキアス）！　よろしくねー！」と満面の笑みを浮かべる二人の姿があった。

「……」

何も言わずに考えることを止めたリィンの耳に、さらに他の雑談が飛び込んでくる。

「しかしそなたのSクラフトには驚いたぞ。あれは《ロゼッタアロー》とは別に編み出したものなのか？」

「いえ、なんだかあの時は無性に力が湧いて来ちゃって……。無我夢中でやったというか……」

「……それにしては凄かったと思う。アリサ、グッジョブ」

どうやらラウラとアリサ、そしてフィーが、先の戦いについて話しているようだ。

「ふむ、そうなのか。いや、だが一度出来たことが二度出来ないはずはない。恐らくは近いうちに修得出来るだろう」

「え、本当？」

「……そうだね。たぶん身体が覚えていると思う」

「うん、フィーの言うとおりだ」

「ありがとう、二人とも。じゃあ名前を考えておこうかしら」

「そうだな。形から入るというのも大切なことだ。見た感じ、《ロゼッタアロー》を強化したような技だったからな。――〝洸裂獣斬爆砕鳳翼撃〟というのはどうだろうか？」

「《ロゼッタアロー》の要素が皆無なのは気のせいかしら……？」

そう突っ込まれたラウラは、「ふむ？」と小首を傾げていた。

「……じゃあ〝クリアランスFグレネードスカッドリッパーリミットサイクロン〟は？」

「長っ!?　って、それ全部あなたの技名でしょ!?」

「……しまった」

うっかり、とわざとらしく言うフィーに、アリサは小さく嘆息する。

「まあ今のは一つの例だ。だが個人的には、名に〝洸〟の字を入れるとだな――」

「いや、それあなたの流派のやつでしょ……はあ」

と、こっちはこっちで仲良くやっているようだった。

一人微笑むリィンの元に、グラスを持ちながらクロウが「よう」と顔を覗かせる。

「しかし今回は災難だったな」

「いや、そうとも言い切れないさ」

「お、なんだ？　なんかいいことでもあったのか？　――うっ!?」

途端にいやらしそうな顔になったクロウに、遠くからアリサの眼光が突き刺さる。

「おー、こえー……。で、何があったんだ？」

アリサに引き攣った笑顔で手を振り、クロウは再びリィンと視線を合わせる。

「いや、何があったというわけじゃないんだが、入れ替わってみないと分からないことが、たくさんあったなってさ」

「まあそりゃそうだろうな。結局今回のことは、例の〝扉〟とやらが関係してたんだろ？」

「ああ、そうみたいだ。ただ四層の時とは違って、今回は魔獣の残骸もなかったし、〝扉〟も消えてしまった。これは一体どういうことだと思う？」

「さあな。そこら辺は〝扉〟から聞こえたっていう、〝声〟とやらに聞いてみたいところだが

「……」

「……そうだな。一体俺たちに何をさせようとしているんだろうな……ぐふっ⁉」

考え込むリィンの背を景気よく叩き、クロウは鷹揚に言う。

「まあその時が来りゃ分かるだろ。せっかくの祝いの席だ。そんな顰め面してんじゃねえよ」

「クロウ……。ああ、ありがとう」

「おう。じゃあ俺はメシでも食ってくるわ。またな」

「ああ」

頷き、リィンはクロウを見送る。

クロウは菓子を独占するジョルジュを、「お前、食い過ぎだろ⁉」と一喝していた。

見渡せば、皆笑顔で宴会を楽しんでいる。

「――」

優しい音色で場を盛り上げてくれるのは、エリオットのバイオリンだ。

いつ聴いても心地の良い、エリオットらしい演奏である。

ガイウスが気を利かせて、エリオットが食べ損ねないよう、食事を近くに運んでいる様子も窺えた。

寡黙だが、ガイウスは誰よりも仲間のことを考えている。

だからこそ出来る気遣いであろう。

と。

「どうかな？　アリサ君。今度は私と入れ替わるというのは？」

「いえ、結構です」

「うーん、それは残念。じゃあラウラ君はどうだい？」

「いえ、私も遠慮しておきます」

「つれないねぇ。フィー君はいいだろう？」

「……すー……」

「はは、聞いてすらいないとはね。やはり私にはトワしかいないようだ。そうだろう？　愛しのトワ」

演技がかった口調でアンゼリカが振り向けば、

「でもよかったよ。きちんと誤解が解けて」

「いえ、その節は本当にお騒がせしました……」

「ううん、気にしないで。それよりせっかくだし、今日はいっぱい楽しんでね！」

「はい！　ありがとうございます！」

トワはエリゼと話し込んでおり、アンゼリカの存在にまったく気づいていなかった。

「……」

両腕を開いたまま固まるアンゼリカに、リィンは「あの……」と申し訳なさ程度に話しかける。

「ふふ、格好悪いところを見せてしまったようだね。まったくシャイな子猫ちゃんたちだよ」

「はは……。アンゼリカ先輩もありがとうございました」

「いや、私は何もしていないさ。元に戻れたのは、君たちが頑張ったからだ。礼を言うなら、ともに戦った仲間たちに言ってあげるといい」

「いえ、それでもアンゼリカ先輩と話したことで、落ち込んでいた気分が和らいだのは事実です。だからお礼を言わせてください」

　そう言って頭を下げるリィンに、アンゼリカは肩を竦める。

「やれやれ。ならば素直に受け取っておくとしよう」

「はい。そうしてもらえると助かります」

「はは、どういたしまして。さて、私はそろそろ行くとするよ。サラ教官のお酌に疲れたエマ君が、私に救いを求めている気がするからね」

　ちらり、と横目で見るアンゼリカの視線を追えば、

「どうしてこんなにいい女を皆放っておくのよぉ～!?　とくに渋めのおじさま方は一体何をしているのよぉ～!?」

「お、落ち着いてください、サラ教官。その、きっといつかいい人が現れますから……。ですからそれ以上は飲まない方が……」

「何言ってるのよぉ～⁉　まだまだ始まったばかりでしょうがぁ～⁉　ほら、あんたもぐいっといきなさいよ！　ぐいっと！」

「え、えっと……」

酔っぱらったサラがエマに絡んでいる最中だった。

祝いの席ということもあり、お酒のペースがかなり早かったようだ。

「サラ教官……」

「はは、相当鬱憤が溜まってるようだね。早いところ助けてあげないと」

「分かりました。すみませんが、委員長のことをよろしくお願いします」

「ああ、任せたまえ。ではまた後ほど」

「はい。ありがとうございました」

片手を上げて去っていくアンゼリカの背中を見送った後、リィンは小さく一息吐いて、ジュースで喉を潤した。

一時はどうなることかと思ったが、こうしてまた元の生活に戻れたことを、リィンは心の底から喜んでいた。

今回の騒動で得た経験は非常に多く、ＡＲＣＵＳの件もそうだが、改めて一人で戦っているわけではないと思い知らされた。

やはり旧校舎に潜む〝何か〟は、リィンたちを成長させるために、度々〝試練〟なるものを施してくるのだろう。

今回はたまたまリィンたち四人だけだったが、入れ替わり、相手の立場になるというのがどういうことかを、《Ⅶ組》のメンバー全員が真剣に考えたと思う。

ただ一つ気がかりなのは、第四層の時とは、些か趣向が異なっていたということだろうか。

巨人も残骸なく消滅したし、二つ現れた〝扉〟もそれぞれが跡形もなく消え去っていた。


――まるであの瞬間だけ現れたかのように。


「……」

確かによくよく考えてみれば、今回の発端は、シャロンの持ってきた新型のＡＲＣＵＳである。

だがＡＲＣＵＳを始めとした導力器自体、今から半世紀ほど前に作られた――言わば、〝最近のもの〟だ。

だとするならば、そのＡＲＣＵＳが原因で起こった今回の騒動は、〝試練〟として元から用意されていたものではないのではなかろうか。

それならば、残骸もなく魔獣が消えたのも頷けるし、〝扉〟が初めから存在しなかったかのように、元の壁へと戻ったのも納得出来る。

何故なら——全ては〝即席で用意されたもの〟だからだ。

あの遺跡区画がどういう原理で成り立っているかは分からないが、あれほど大がかりな仕掛けだ。

常識を覆すような事象が起こっても、なんらおかしくはないだろう。

問題は、何故あのような〝試練〟を執り行ったのかなのだが……。


「——どうかされましたか？」


「えっ？」

一人頭を悩ませるリィンの耳朶を、涼しげな声音が通り抜ける。

振り向いた先で優雅に佇んでいたのは、シャロンだった。

「あ、いえ、ちょっと考えごとをしていまして……」

「ふふ、そうでしたか。お隣、よろしいでしょうか？」

「はい、どうぞ」

頷くリィンに、シャロンは「失礼いたします」と一礼し、席に着く。

「すみません、本当はもっと早くお礼を言おうと思っていたんですが、エリゼの件、本当にありがとうございました」

「いえ、あれは私の方に非がございましたので。むしろ皆さまにご心配をおかけして、誠に申しわけございませんでした」

頭を下げるシャロンに、リィンはゆっくりとかぶりを振った。

「いえ、気にしないでください。シャロンさんが気を使ってくれていたのは、俺たちにも十分伝わっていましたから」

「ありがとうございます、リィンさま」

優しく微笑むシャロンに、リィンの口元も和らぐ。

「それで、ARCUSの方はどうなりそうですか?」

「はい。皆さまからお返しいただいたARCUSには、この度のデータがしっかりと記録されておりました。それを解析することで、恐らくは近々皆さまのARCUSも、〝アップデート〟されることでしょう」

「アップデート、ですか?」

「ええ。外部からの干渉を受けたとはいえ、〝感応が高過ぎた〟という事実は変わりません。それを皆さまが扱える限界まで修正することが出来れば、先にお話させていただいた、〝高次元のシンクロ〟が可能になるはずです」

「〝二身一体〟というやつですね？」

「ええ、そのとおりですわ」

艶然と頷きながら、シャロンは続ける。

「私の方でもジョルジュさまにお話を伺いましたが、ＡＲＣＵＳには未だに多くの〝可能性〟があります。現段階でも〝戦術リンク〟という、仲間同士の共鳴現象により、敵が体勢を崩した際、すかさず追撃し、ラッシュ、バーストといった派生攻撃が出来るようになっています。もちろんこの〝共鳴〟によって引き起こされる現象は、それだけではありません。基礎能力を向上させ、広がった視野で即座に味方を庇うことも出来ます」

「ええ。おかげで何度も助けられました」

「ふふ、それは何よりですわ。それで今回皆さまから得られたデータには、その〝共鳴〟をどこまで引き上げられるかが記録されているはずです」

「なるほど。それを解析して、俺たちのＡＲＣＵＳを調整――つまり〝アップデート〟するわけですね？」

「仰るとおりですわ」

嬉しそうに笑うシャロンだが、「ただし」と付け加えた。

「予期せぬ干渉があったとはいえ、セキュリティを破られたのもまた事実。となれば、やはり〝安全面の強化〟もされるでしょう」

「と言いますと？」

　リィンの問いに対し、シャロンは一度口を閉じ、一拍置いてからこう告げた。

「――これの発動には、より強い〝絆〟が必要になるということですわ」

「より強い〝絆〟……」

「はい。そもそもＡＲＣＵＳの戦術リンク機能は、両者の〝絆〟によって発動されるものです。お互いがお互いを心から信頼していなければ、戦術リンクは本来の力を出せないどころか、最悪使用出来なくなります」

「……」

　言われて思い出す。

　まだ《Ⅶ組》が結成されたばかりの頃、ユーシスとマキアスが戦術リンクを組もうとして、度々失敗していたことを。

　そしてラウラとフィーの中でわだかまりがあった時も、二人の戦術リンクが途中で破綻してしまったことを。

　ならばその逆――両者が互いに強い〝絆〟で結ばれたならば、戦術リンク本来の――いや、それ以上の力を発揮出来るのは、至極当然の道理だ。

「ご理解いただけたでしょうか？」

「ええ。色々と思い当たる節がありましたので」

「それは何よりです。でしたら、その思い出はどうぞ大事にしてくださいませ。〝絆〟とは、必ずしも良い部分から生まれるものとは限りません。お互いに相手の良いところや悪いところなど、様々なところを見て、考えて、悩んで、受け入れて、そうやって生まれ、育まれていくものなのですから」

「はい。それはしっかりと胸に刻んでおくつもりです」

「ええ、そうしてくださると嬉しく思います。ではそろそろ重苦しいお話は終わりにしましょうか。今日は祝いの席——存分に英気を養ってくださいませ」

「はい！　ありがとうございます、シャロンさん！」

丁寧にお礼を言い、リィンたちは皆の輪の中へと戻り、仲間たちもそれを笑顔で受け入れる。

そうしてこの宴会はしばらく続き、皆の楽しそうな声が、トリスタの夜を彩っていった。

余談だが、この後ラインフォルトの技術者たちによって、ＡＲＣＵＳに残ったデータは解析され、現存する全てのＡＲＣＵＳにアップデート作業が行われた。

近い将来、リィンたちの高められた〝絆〟によって、新たなる機能が封を解かれることになるのを、この時はまだ誰も知らない——が、それは後にこう呼ばれるようになる。

——〝オーバーライズ〟、と。

あとがき

皆さまはじめまして、この度『英雄伝説　閃の軌跡』のノベライズを担当させていただきました、ライトノベル作家の草薙アキと申します。

私自身、〝ノベライズ〟というのは初めてでした上、〝連載〟という形でしたので、色々と四苦八苦しておりましたが、こうして無事に形にすることが出来たことを嬉しく思います。

執筆にあたり、閃の軌跡をプレイさせていただいたのですが——面白いですな、これ！

クリア後に続きが気になりすぎた私は、続編である閃の軌跡Ⅱが出るまでに、果たして何周したことか……。正直、早送りモードはありがたいの一言でした。

そんな私ですが、オーレリア将軍の活躍を心よりお待ちしております。

さて、残りのページ……いえ、むしろ〝行〟が少なくなってきましたので、謝辞の方をば。

原作である日本ファルコムさまは言わずもがな、今回この企画を立ち上げてくださった新谷真昼さま、絵師のＹａｈａＫｏさま、担当編集さま及び本作に携わってくださった全ての皆さま、そして今このあとがきを読んでくださっている読者さまに、心より御礼を申し上げます。

閃の軌跡Ⅲが出ることを願いつつ、またどこかでお会い出来ればと思います。

ども！はじめまして、 YahaKo （やはこ） と申します。

実はこのような小説の挿絵を描かせてもらうのは今回が初めてでした。 はじめる前は不安な気持ちで一杯でしたが、 草薙アキさんの書くストーリーを読んでみてそんな不安は見事に消し飛びました（笑） やはり面白いものを読むと引き込まれ、 自然と挿絵のイメージも出てくるものですね。 おかげで最後まで楽しくイラストを描くことが出来ました！

個人的にフィーとラウラの入れ替わりの表情の差が好きです

最後に草薙アキさん、 毎度締め切りギリギリ納品で迷惑をかけてしまってもしっかり対応してくれた担当編集さん、 そして今読んでくれているあなた！そう、 YOU！本当にありがとうございました！
またどこかでお会いしましょう～！

密かに続編に期待 （笑）

YahaKo

英雄伝説 閃の軌跡
メンタルクロスリンク

2015年12月23日　初版発行

原作　日本ファルコム株式会社（『英雄伝説　閃の軌跡』）

著者　草薙アキ

発行人　田中一寿

発行　株式会社フィールドワイ
〒101-0062
東京都千代田区神田駿河台3-1-9　日光ビル3F
03-5282-2211（代表）

発売　株式会社メディアパル
〒162-0813　東京都新宿東五軒町6-21
03-5261-1171（代表）

装丁　さとうだいち

協力　新谷真昼

印刷・製本　シナノ印刷株式会社

Printed in JAPAN
ISBN978-4-8021-3015-8 C0093

ファンレター、本書に対するご意見、ご感想をお待ちしております。

あて先
〒 101-0062　東京都千代田区神田駿河台 3-1-9　日光ビル 3F
株式会社フィールドワイ　ファルコムマガジン編集部
草薙アキ先生　宛
YahaKo先生　宛

初出

一章『イリーナ・ラインフォルトからの新たな以来』	月刊ファルコムマガジンvol.49	2015年2月
二章『訪れた非日常』	月刊ファルコムマガジンvol.50	2015年3月
三章『リィンVS.フェリス』	月刊ファルコムマガジンvol.51	2015年4月
四章『新たなる“扉”』	月刊ファルコムマガジンvol.52	2015年5月
五章『鏡越しの対峙』	月刊ファルコムマガジンvol.53	2015年7月
六章『試練の終わり』	月刊ファルコムマガジンvol.54	2015年8月